小林古径「芥川」

第六段「芥川」で、恋の逃避行の途中、荒れ果てた蔵に入れられた女。闇が形をとったように立ち現れた鬼。女の「あなや」という悲鳴だけが響く。誰も見なかった瞬間が描かれている。

英一蝶「見立業平涅槃図」（東京国立博物館蔵）

釈迦の涅槃に見立てた業平の終焉図。娘風の、良家の人妻風の、世話女房風の、十二単《じゅうにひとえ》の、尼装束の、白髪頭の、女、女、女……。女たちが身も世もなく嘆く中、伊勢斎宮の面影を宿す天女のお迎えで、極楽往生。

ビギナーズ・クラシックス　日本の古典

伊勢物語

坂口由美子＝編

角川文庫
14970

◆はじめに◆

さてさて、「恋の手ほどき」始めましょうか。

そういえば昔、こんな「男」がいましたっけ。時は千年の昔、所は京の都。「その男」ときたら、めっぽう美男で、心優しく、いつだって情熱に溢《あふ》れ、それはとどまるところを知らないのでした。そんなわけで、老いも若きも、初《うぶ》も手練《てだ》れも、女という女は「その男」と恋に落ちてしまうのでした……。

ちょっと待って、その頃の美男って、あの「百人一首」の絵札にあるみたいな、色白ぽっちゃりの顔に細い目、でしょ。全然趣味じゃない。女だって、十二単《ひとえ》が重くって、膝《ひざ》で摺《す》って歩いていて、第一、ほとんど顔見せないんでしょ。その上、和歌！　歌が詠《よ》めないと恋もできない時代だって、古文の授業で習いました。そんな遠い時代の恋の話が、どうして役に立つのでしょう？

と、思われる方々、心配は御無用。いつだって、「恋する男の目」には、恋人の親が鬼に見え、恋人の子供っぽいしぐさが天使に見える。そう、「恋の心」は今も昔も変わりません。切ない恋、はかない恋、おかしくてやがて哀《かな》しい恋、しみじみした恋、よりどりみどりの「恋の雅《みやび》」をお目にかけましょう。

本書は有名な章段を中心に、まず「現代語訳」で『伊勢物語』の世界にすぐに入り込めるようにしました。そして直接「原文」に触れ、素朴な語り口調と和歌の魅力を味わえるようにしました。「寸評」では時代背景や和歌を深く理解できるようにしました。

本書はこれから『伊勢物語』に親しもうという方のための入門書です。磨き抜かれた珠玉の美しさを、ほんの少しでも、読者の方々に伝えられることを心から願っています。

平成十九年九月

坂口　由美子

※原文は、角川ソフィア文庫『新版　伊勢物語　付現代語訳』により、一部表記を改めた。

◆目　次◆

※段数は角川ソフィア文庫本による。ただし、段の一部を採った箇所もある。

コラム目次

本文デザイン／代田奨
イラスト／須貝稔・ライラック
地図／オゾングラフィックス
口絵二ページ／Image:TNM Image Archives Source:http://TnmArchives.jp/

◈透《す》き間《ま》から昔男《むかしおとこ》の忍《しの》ぶ恋《こい》〈初段〉

昔《むかし》、ある男《おとこ》が、元服《げんぷく》（＝成人式《せいじんしき》）をして、旧都奈良《きゅうとなら》のはずれ春日《かすが》の里《さと》へ、――領地《りょうち》があったので――鷹狩《たかがり》に出《で》かけました。その里《さと》に、たいそうしっとりとして美《うつく》しい姉妹《しまい》が住《す》んでいました。この男《おとこ》は、ものの透《す》き間《ま》から娘《むすめ》たちをのぞき見《み》てしまったのでした。思《おも》いがけなく、この古《ふる》くさびれた里《さと》に、およそ似合《にあ》わない優美《ゆうび》なようすでいたので、男《おとこ》の気持《きも》ちは揺《ゆ》れ、取《と》り乱《みだ》してしまったのでした。男《おとこ》は、とっさに、着《き》ていた狩衣《かりぎぬ》（＝狩《かり》や普段《ふだん》に着《き》る軽装《けいそう》）の裾《すそ》を切《き》って、それに歌《うた》を書《か》いて贈《おく》ります。その男《おとこ》は、ちょうど信夫摺模様《しのぶずりもよう》の狩衣《かりぎぬ》を着《き》ていたのでした。

春日野《かすがの》の若々《わかわか》しい紫草《むらさきぐさ》のように魅力的《みりょくてき》なお二人《ふたり》に、忍《しの》ぶ恋《こい》をした私《わたし》の心《こころ》は、限《かぎ》りもなく乱《みだ》れに乱《みだ》れています、この信夫摺《しのぶずり》の模様《もよう》のように。

と、いっぱしの大人《おとな》ぶって詠《よ》んで遣《や》ったのでした。こんな場合《ばあい》に気《き》が利《き》いて面白《おもしろ》い趣向《しゅこう》と思《おも》ったのか、これは例《れい》の、
陸奥《みちのく》の信夫摺《しのぶずり》のねじれた模様《もよう》のように、私《わたし》の心《こころ》が乱《みだ》れはじめたのは、一体誰《いったいだれ》のせいだというのです、つれないあなたのせいですよ。
という歌《うた》の趣向《しゅこう》を踏《ふ》まえています。昔《むかし》の男《おとこ》は、このように素早《すばや》く、燃《も》え上《あ》がる恋心《こいごころ》を行動《こうどう》に移《うつ》したものでしたよ。

❖むかし、男《をとこ》、初冠《うひかうぶり》して、奈良《なら》の京《きやう》、春日《かすが》の里《さと》に、しるよしして、狩《かり》にいにけり。その里《さと》に、いとなまめいたる女《をんな》はらから住《す》みけり。この男《をとこ》、かいま見《み》てけり。思《おも》ほえず、古里《ふるさと》に、いとはしたなくてありければ、心地《ここち》まどひにけり。男《をとこ》の着《き》たりける狩衣《かりぎぬ》の裾《すそ》を切《き》りて、歌《うた》を書《か》きてやる。その男《をとこ》、信夫摺《しのぶずり》の狩衣《かりぎぬ》をなむ、着《き》たりける。

春日野《かすがの》の若紫《わかむらさき》の摺衣《すりごろも》しのぶの乱《みだ》れかぎり知《し》られず

となむ、おいづきて言《い》ひやりける。ついでおもしろきことともや思《おも》ひけむ、

陸奥《みちのく》のしのぶもぢずり誰《たれ》ゆゑに乱《みだ》れそめにしわれならなくに

といふ歌《うた》の心《こころ》ばへなり。昔人《むかしびと》は、かくいちはやき雅《みやび》をなむ、しける。

✽「初冠《ういこうぶり》」は今でいう成人式のこと。初めて髪を結い上げ冠《かんむり》・烏帽子《えぼし》をつけ、大人の仲間入りをする。当時の成人は男子で十四、五歳くらい、女子はもっと早かった。「男（をとこ）」は立派な一人前の男性をいう。一般的に物語というものは、主人公の親の説明から始まるが（『桃太郎』にしても『源氏物語』にしても）、『伊勢物語』はのっけから成人式である。それは、『伊勢物語』が「大人の恋」をテーマとした物語だからであろう。成人して恋をする資格を得た時初めて、主人公「昔男《むかしおとこ》」が誕生したのである。次段から、ほとんどの章段は「むかし、男ありけり」で始まる。だからこの男は「昔男」と呼ばれる。

さて、はやる気持ちを抑えかね、昔男は鷹狩《たかがり》に出かける。季節はおそらく春。春日の里は今の奈良公園のあたり。もちろんお目当ては狩の獲物だけではあるまい。忘れ去られた旧都に、ひっそりと隠れ住む美女に思いがけなくも出会う、そんな物語じみた好運をつかめるかもしれない。若者らしい期待をこめて、ある家の内をのぞくと……。見えた、「いとなまめいたる女はらから」が。美女で、しかも姉妹である。ちなみに、のぞき見は当時「垣間見《かいまみ》」といい、女性の姿を見る機会の少ないこの時代では、恋のきっかけとなる風流なこととされていた。「はらから」は兄弟姉妹のこと。

では「いとなまめいたる」女とは、どんな女なのだろうか。「なまめく」の形容詞形「なまめかし」は、現代語では「なまめかしい」だが、「男の気を引くような色っぽい・あだっぽいようす」という意味である。しかし古語では、「十分な心用意をしながら、それを

透垣《すいがい》から垣間見《かいまみ》する男

あらわに出さないところが人の気持ちをそそるようす」、つまり、「生《なま》（＝未熟・不十分）」であるようにあえて見せるという、奥ゆかしい、いぶし銀のようなしっとりとした美しさをいう。華やかさ、けばけばしさとは逆の、日本の伝統的な美意識を表すことばの一つである。

そんな美女姉妹が旧都にいる、という不調和な状態が「はしたなし」である。なぜこんな寂しい所に、という意外性に男は惑乱した。そして、有名な古歌（『古今和歌集』河原左大臣《かわらのさだいじん》源融《みなもとのとおる》作）を引き合いに出し、着衣の裾を切る、という素早い行動に出た。これが、昔男の「恋の雅《みやび》」である。美女姉妹がどう思ったか、その後のことは語られない。

◆春雨《はるさめ》をながめて日《ひ》がな想《おも》う女《ひと》〈二段〉

むかし、こんな男《おとこ》がいましたっけ。奈良《なら》の都《みやこ》を遷《うつ》り、今《いま》の平安《へいあん》の都《みやこ》には、まだ人家《じんか》も定《さだ》まらずにぎわいもない頃《ころ》のこと、なおさら人少《ひとすく》なな西《にし》の京《きょう》（＝右京《うきょう》）に女《おんな》が住《す》んでいたのでした。その女《おんな》は、世間並《せけんな》みでないすぐれた人《ひと》だったのです。その人《ひと》はというと、顔立《かおだ》ちが、というより、心《こころ》こそがすぐれているのでした。独《ひと》り者《もの》というわけでもなかった──通《かよ》っている男《おとこ》もいた──らしい。それなのにその人《ひと》を、例《れい》の実直《じっちょく》な昔男《むかしおとこ》が訪《おとず》れて、いろいろと親《した》しく話《はな》し込《こ》んで、家《いえ》に帰《かえ》って、いったい何《なに》を思《おも》ったものか……。時《とき》は弥生《やよい》（＝陰暦三月《いんれきさんがつ》）のついたち、雨《あめ》がしとしとと降《ふ》っている折《おり》に、女《おんな》に贈《おく》った歌《うた》は、

昨夜《さくや》は、起《お》きるでもなく、かといって寝《ね》るでもなく、夜《よ》を明《あ》かしてし

まいました。今日《きょう》も私《わたし》は、春《はる》の長雨《ながあめ》を、春《はる》にはつきものだと眺《なが》めつつ、ぼんやりあなたのことを思《おも》い、一日《いちにち》暮らしています。

❖むかし、男《をとこ》ありけり。奈良《なら》の京《きやう》は離《はな》れ、この京《きやう》は人《ひと》の家《いへ》まだ定《さだ》まらざりける時《とき》に、西《にし》の京《きやう》に女《をんな》ありけり。その女《をんな》、世人《よひと》にはまされりけり。その人《ひと》、かたちよりは心《こころ》なむまさりたりける。ひとりのみもあらざりけらし。それを、かの実男《まめをとこ》、うち物語《ものがた》らひて、帰《かへ》り来《き》て、いかが思《おも》ひけむ、時《とき》は弥生《やよひ》のついたち、雨《あめ》そほ降《ふ》るにやりける、

起《お》きもせず寝《ね》もせで夜《よる》を明《あ》かしては春《はる》のものとてながめ暮《く》らしつ

✻この段の女は、平安新都でも開発の遅れた西の京に住む（二五〇ページ参照）。美人で、しかも心がすぐれている、だから他に通ってくる男もいるという女である。当時の結婚形態は、通い婚で、男が夜、女の家を訪れ、翌朝帰るというものだった。一夫多妻でもあったので、とくに貴族の男は何か所も通い所があったりした。

この女に心惹《ひ》かれた昔男は、「かの実男《まめをとこ》」と呼ばれている。「実男」とはまじめで浮《うわ》ついたところのない、実意のある男という意味。稀代《きだい》のプレイボーイがまじめ男と呼ばれるとは矛盾するようだが、つまり、心惹かれた女性には、真剣に本気で思いを寄せる実直な男ということになろうか。それではいったい、心根のすばらしい美女と実男というカップルはどのような一夜を過ごしたのだろうか。

それを解く鍵《かぎ》は「物語らふ」ということばの解釈にある。注釈書では、「親しく話をした」、「男女の契《ちぎ》りを結んだ」の両説がある。もし契りを結んだのなら、歌は「後朝《きぬぎぬ》の歌（＝契りを結んだ翌朝、いち早く男が贈る歌）」ということになる。その方が話としては自然である。しかし、それにしては贈った時間が遅く、内容も共寝《ともね》にはいたらなかった昨夜を暗示させる。実男の心をつかんだ美女の心が、どんなふうにすぐれているかは知るよしもなく、いずれにしても昔男は、魂を抜かれたように、そぼふる春雨を眺めている。

初段とこの二段は昔男の若々しさを浮かび上がらせる。うら若い姉妹に対しては素早く洒落《しやれ》たふるまいができるが、人妻に対しては何とも手の出しようのないためらいと自信のなさ。そして語り手は、本当に語りたいこと、昔男の禁断の恋の話へと射程を縮めていく。

◈ひじき藻《も》に熱《あつ》い思《おも》いを贈《おく》りやる〈三段〉

むかし、こんな男《おとこ》がいましたっけ。恋心《こいごころ》を一心《いっしん》に傾《かたむ》けている女《おんな》の所《ところ》に、「ひじき藻《も》」というものを贈《おく》る折《おり》にそえて、

もしもあなたに私《わたし》を思《おも》う心《こころ》があるのならば、葎《むぐら》（＝蔓草《つるくさ》）の生《お》い茂《しげ》る荒《あ》れ果《は》てた家《いえ》でもきっと共寝《ともね》をしましょう。夜具《やぐ》のかわりに、着物《きもの》の袖《そで》を敷《し》いて寝《ね》るとしても。

二条《にじょう》の后《きさき》（藤原高子《ふじわらのたかいこ》）がまだ帝《みかど》（清和天皇《せいわてんのう》）にもお仕《つか》えなさらず、藤原《ふじわら》氏《し》の娘《むすめ》というだけの臣下《しんか》の身分《みぶん》でいらっしゃった時《とき》のことです。

❖**むかし、男《をとこ》ありけり。懸想《けさう》しける女《をんな》のもとに、ひじき藻《も》といふものをやるとて、**

思《おも》ひあらば葎《むぐら》の宿《やど》に寝《ね》もしなむひしきものには袖《そで》をしつつも

二条《にでう》の后《きさき》の、まだ帝《みかど》にも仕《つか》うまつりたまはで、ただ人《びと》にておはしましける時《とき》のことなり。

✽当時は珍しかったとはいえ、あの黒くて地味な海藻「ひじき」も熱烈な恋の歌の小道具になる。これは和歌の技法の一つで、「引敷物《ひしきもの》（＝夜具）」に「ひじき藻」を詠み込む。このように、贈り物をする時には、それにちなんだ歌をつけるのが当時の習いであった。

さて、ここで初めて相手の女性の実名があがる。二条《にじよう》の后《きさき》は、藤原長良《ながら》の女《むすめ》、高子《たかいこ》。二十五歳で、清和《せいわ》天皇（当時十七歳）の女御《にようご》（＝高位の夫人）となる。皇子を産み、皇子は後に陽成《ようぜい》天皇となる。

とすると、「昔男《むかしおとこ》」も実在するのだろうか。実は「昔男」は、古来、「在原業平《ありわらのなりひら》」らしい男」といわれてきた。前段の「起きもせず」の歌も、『古今和歌集』恋三の巻頭に業平の歌として載る。業平は高子より十七歳年上である。業平と高子の恋愛は史実かどうか確かめるすべはない。しかし、物語の世界では周知のことであったらしく、二条の后の名を出せば、男が業平であることは、暗黙の内に了解された。『大和《やまと》物語』一六一段は類似した内容が、業平にまつわる物語群の中に入れられている（次ページコラム参照）。

「二条の后」以降の二行の語り口は、これまでとは少し異なる。つとに言われるように、この部分は後人の注記かもしれない。これは『伊勢物語』の成立に関わる問題であるが、「原伊勢物語」が何段階かの増補を経て、現在の形になったといわれている。現代の私たちの感覚では、著作物は一個人の手によるものだが、近代以前はそのようなことはなく、さまざまな人に書写されるたびに手を加えられ、時には構成も変えられた。印刷の技術がなかったので、書物は手で書写するしかなかったのである。当然誤写もあり、また、「もっと面白くするために」、「実はね、……」という注記を加えたくなるおしゃべりな輩《やから》もいたであろう。よって『伊勢物語』の作者は未詳、成立は十世紀中頃？としかいえない。

「昔男の青春の物語」は、ここから、最高の位を極めた女人《にょにん》との、生々しいスキャンダルの色彩を帯びる。

★『大和《やまと》物語』

作者未詳。『伊勢物語』に続いて十世紀中頃に成立した歌物語。当時の代表的な歌人の贈答歌を中心とする噂話、生田川《いくたがわ》伝説、蘆刈《あしかり》伝説などを収める。

一六一段前半に、ほぼ同じ形でこの「ひじき藻」の内容が載る。同段後半には皇太子の母となった高子が、参詣《さんけい》のお供をした在中将《ざいちゅうじょう》（業平）に衣を与えた。在中将は、人目をはばかるように返歌したが、高子は、昔のことを思い出し面白いと思った、とある。

また、この後半の部分は、『伊勢物語』七六段に、業平と暗示される「翁《おきな》」が同様の状況で高子に歌を贈ったという形で載る。この段以降「昔男」は「翁」と呼ばれることが多くなる。

『大和物語』は、業平と高子との関係に興味の中心があるが、『伊勢物語』は「昔男」の若い頃の命がけの恋のエピソードと、「翁」となってからのなつかしくもかなしいエピソードを時の経過を感じさせつつ味わわせるところに作者の狙いがある。

◆月《つき》と春《はる》去年《こぞ》も今年《ことし》も変《か》わらぬが〈四段〉

むかし、東《ひがし》の京《きよう》（=左京《さきよう》）の五条通《ごじようどお》り（二五〇ページ参照《さんしよう》）に、大后《おおきさき》の宮《みや》（皇太后藤原 順子《こうたいごうふじわらのじゆんし》。藤原冬嗣《ふじわらふゆつぐ》の女《むすめ》。仁明天皇《にんみようてんのう》の皇后《こうごう》、文徳天皇《もんとくてんのう》の母《はは》）が住《す》んでおられたが、その御殿《ごてん》の西《にし》の対《たい》の屋《や》（二八ページ図参照）に住《す》む女《ひと》（高子《たかいこ》）がいたのでした。その女《おんな》を、いけないと知《し》りながらもどうにもならず、いとしく深《ふか》く思《おも》う男《おとこ》が、しきりに訪《おとず》れ通《かよ》っていました。が、睦月《むつき》（=陰暦正月《いんれきしようがつ》）の十日《とおか》頃《ごろ》、女《おんな》は他《た》の所《ところ》に姿《すがた》を隠《かく》してしまったのでした。女《おんな》のいる所《ところ》は聞《き》き知《し》ったけれど、ふつうの身分《みぶん》の人《ひと》が通《かよ》っていけるような所《ところ》でもないので、男《おとこ》は一層《いつそう》辛《つら》いと思《おも》い続《つづ》けながら、いたのでした。翌年《よくねん》の睦月《むつき》に、ちょうど梅《うめ》の花盛《はなざか》りに、去年《きよねん》を恋《こい》しく思《おも》い西《にし》の対《たい》の屋《や》へ行《い》って、梅《うめ》を、立《た》っては見《み》、座《すわ》っては見《み》して、見《み》はするけれど、去年《きよねん》とは似《に》るはずもない――香《かぐわ》しさも輝《かがや》かしさもないのだった――。男《おとこ》は泣《な》きに泣《な》いて、住《す》む人《ひと》がなくて障子《しょうじ》などもとりはらわれた部屋《へや》の板敷《いたじ》きに、月《つき》が西《にし》の空《そら》に傾《かたむ》くまで臥《ふ》せって、去年《きょねん》を、——あの女《ひと》と包《つつ》まれた月《つき》の光《ひかり》と梅《うめ》の馥郁《ふくいく》たる香《かおり》を——思《おも》い出《だ》して詠《よ》みました。

月《つき》は去年《きょねん》の月《つき》と同《おな》じではないのか、春《はる》は、去年《きょねん》の春《はる》と同《おな》じではないのか、私《わたし》の身《み》一《ひと》つは元《もと》のままなのに(情熱《じょうねつ》と痛《いた》みは変《か》わらないけれど、私《わたし》以外《いがい》のものは、月《つき》の光《ひかり》も梅《うめ》の花《はな》もすべて去年《きょねん》とは全《まった》く別《べつ》のものに見《み》える)。

と詠《よ》んで、夜《よる》がほのぼのと明《あ》ける頃《ころ》、泣《な》く泣《な》く帰《かえ》ったのでした。

❖むかし、東《ひむがし》の五条《ごでう》に、大后《おほきさい》の宮《みや》おはしましける、西《にし》の対《たい》に、住《す》む人《ひと》ありけり。それを、本意《ほい》にはあらで、心《こころ》ざし深《ふか》かりける人《ひと》、行《ゆ》きとぶらひけるを、睦月《むつき》の十日《とをか》ばかりのほどに、ほかに隠《かく》れにけり。あり所《どころ》は聞《き》けど、人《ひと》の行《い》き通《かよ》ふべき所《ところ》にもあらざりければ、なほ憂《う》しと思《おも》ひつつなむありける。またの年《とし》の睦月《むつき》に、梅《むめ》の花ざかりに、去年《こぞ》を恋《こ》ひて行《い》きて、立《た》ちて見《み》、ゐて見《み》、見《み》れど、去年《こぞ》に似《に》るべくもあらず。うち泣《な》きて、あばらなる板敷《いたじき》に月《つき》の傾《かたぶ》くまでふせりて、去年《こぞ》を思《おも》ひ出《い》でて詠《よ》める、

月《つき》やあらぬ春《はる》や昔《むかし》の春《はる》ならぬわが身《み》一《ひと》つはもとの身《み》にして

と詠《よ》みて、夜《よ》のほのぼのと明《あ》くるに、泣《な》く泣《な》く帰《かへ》りにけり。

✻この歌は『古今和歌集』恋五の巻頭に業平の歌として、ほぼ同じ内容の長い詞書《ことばがき》(=歌が詠まれた状況の説明)と共に載る。

当時は貴族による摂関政治の時代で、とくに藤原氏は、娘を天皇の夫人とし寵愛《ちょうあい》や皇子を得ることで、政治権力を握ろうとしていた。もし娘が天皇の母となれば、外戚《がいせき》として絶大な権力を握ることができるからである。貴族の娘は、一族が浮かび上がるための重要な政治の道具ともいえた。だから高子は清和天皇の女御《にょうご》となるべく大切に、皇太后の西の対の屋で守られていたのである(二四三ページ系図参照)。

「本意にはあらで」は本心からというわけではなかったが、という意味。ここでは、無理だとわかっていながらどうすることもできず好きになってしまった、ということ

だろう。あるいは、後述するが、業平は天皇の血筋なので、反藤原氏という政治的意図から、高子が女御となるのを妨げようと接近した。しかし不本意ながら本気になってしまった、とする説もある。

女が身を隠した所というのは後宮《こうきゅう》（＝天皇の夫人たちが集まり住む所）で、つまり、女が入内《じゅだい》してしまったということを暗示的にいう。もう二度と会うことはできない。

★月やあらぬ

「月やあらぬ」の歌は、古来名歌とされる。しかし、きちんと解釈しようとすると、なかなか難しい。「月や」「春や」の助詞「や」を疑問ととるか反語ととるかでニュアンスが違ってくる。本書では疑問ととっているが、反語だと、「月（春）は、去年のままの月（春）ではないのか、いやそんなことはあるまい。自然は変わらないはずだ、（それなのにすっかり変わってしまった）私の身一つは元のままで」となる。疑問をぶつけるか、反語で自問自答を繰り返すか、いずれにしても、恋人がいなくなってしまったことが、自分を取り巻く世界を、香のないモノトーンの世界に変えてしまった、という激しい喪失感が伝わってくる。一年前に時間を逆行させることは、決してできない。

『古今和歌集』仮名序《かなじょ》には、六歌仙《ろっかせん》と呼ばれる六人のすぐれた歌人について評されている。業平については「その心あまりて、ことばたらず。しぼめる花の色なくて匂ひ残れるがごとし（心が豊かすぎて、それを表すことばが足りない。しぼんでしまった花の、色なくて〈ことばが不足して〉、匂い〈溢《あふ》れるような心〉が残っているようだ）」とあり、この「月やあらぬ」の歌が例に挙がっている。

★六歌仙

六歌仙は、僧正《そうじょう》遍昭《へんじょう》・在原《ありわらの》業平《なりひら》・文屋康秀《ふんやのやすひで》・喜撰法師《きせんほうし》・小野小町《おののこまち》・大伴黒主《おおとものくろぬし》。『古今和歌集』の仮名序では、たとえば、遍昭の歌は、「絵に描いてある女を見て、空しく感動しているようだ」、小町の歌は、「美しい女が病んでいるのに似ている」、黒主の歌は、「薪《たきぎ》を背負った木こりが、花の陰で休んでいるように、面白いが不調和だ」と評されている。

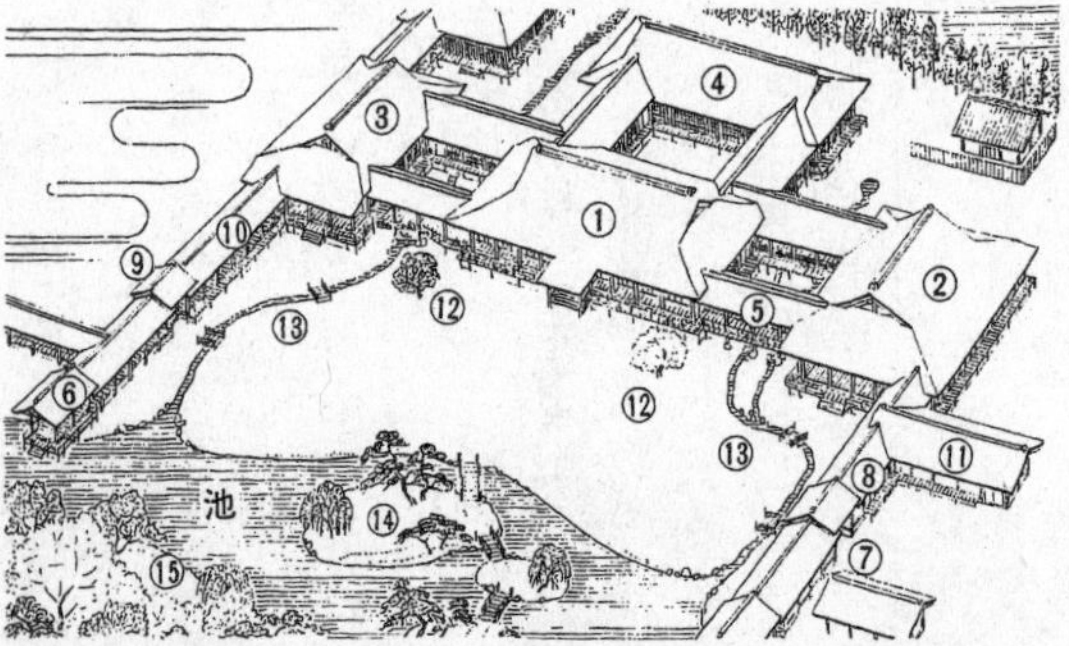

①寝殿　②東の対《たい》　③西の対　④北の対　⑤透渡殿《すきわたどの》　⑥釣殿《つりどの》　⑦東の中門　⑧東中門の廊《ろう》　⑨西の中門　⑩西中門の廊　⑪ 侍所《さぶらいどころ》　⑫前栽《せんざい》　⑬遣《や》り水　⑭中島　⑮築山《つきやま》

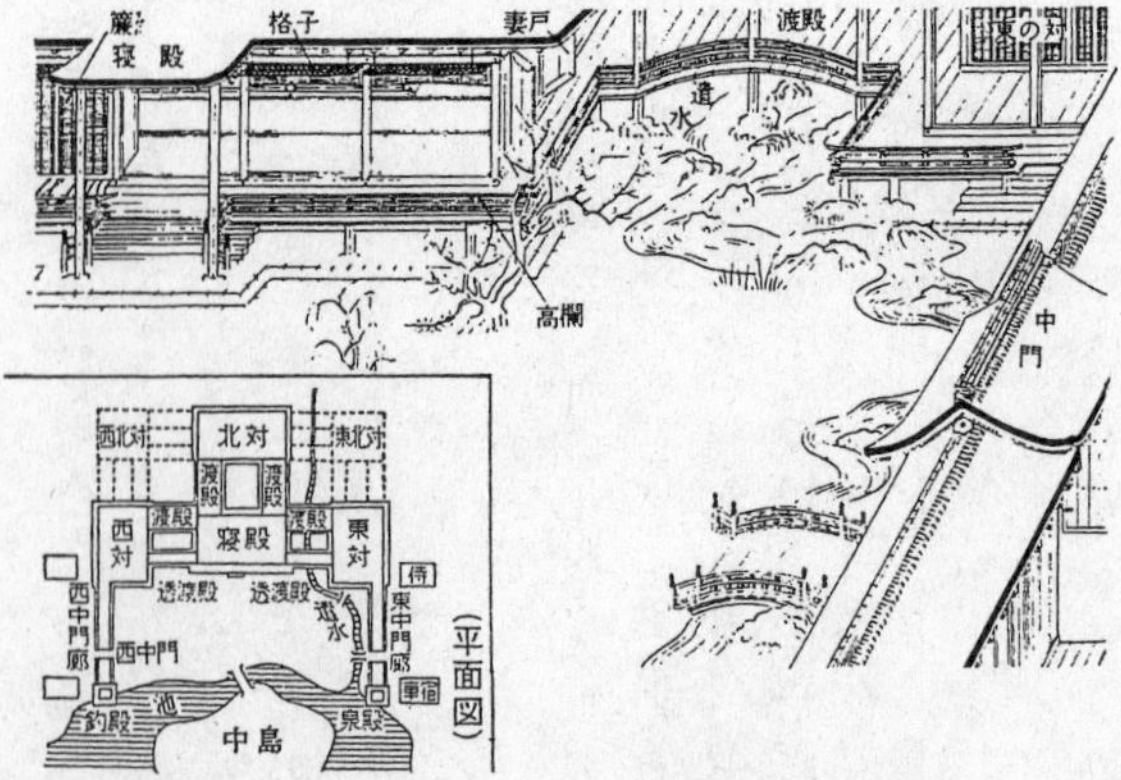

寝殿造《しんでんづくり》　平安中期に完成した貴族の邸宅の建築様式

◆童《わらわべ》の崩《くず》した築地《ついじ》は恋《こい》の路《みち》〈五段〉

むかし、こんな男《おとこ》がいましたっけ。東《ひがし》の京《きょう》の五条《ごじょう》あたりの女《おんな》のもとに、たいそう人目《ひとめ》を忍《しの》んで通《かよ》っていました。人《ひと》に見《み》つからないように通《かよ》う所《ところ》なので、門《もん》から入《はい》ることもできないで、子供《こど》たちが踏《ふ》みあけた築地《ついじ》（＝土塀《どべい》）の崩《くず》れから通《かよ》っていました。そんなに人目《ひとめ》があるわけでもないが、度重《たびかさ》なったので、その邸《やしき》の主人《しゅじん》が聞《き》きつけて、男《おとこ》の通《かよ》い路《じ》に毎夜《まいよ》人《ひと》を置《お》いて見張《みは》らせたので、男《おとこ》は行《い》っても女《おんな》に逢《あ》えないで帰《かえ》るのでした。さて、男《おとこ》が詠《よ》んだ歌《うた》は、

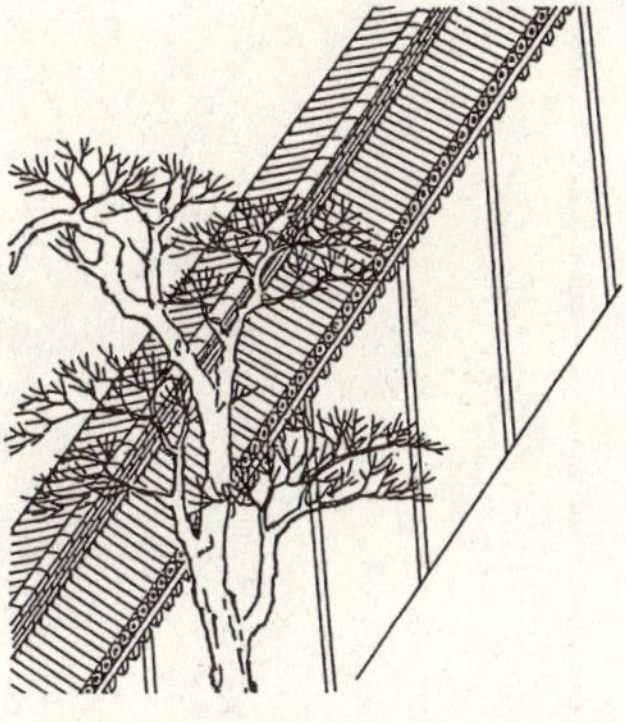

築地　泥土を固めたもので、長雨でも崩れることがあった

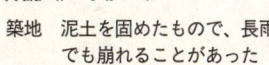

人《ひと》に知《し》られない我《わ》が恋《こい》の通《かよ》い路《じ》の関守《せきもり》（＝関所《せきしょ》の番人《ばんにん》）は毎晩毎晩《まいばんまいばん》、どうか寝《ね》てしまって欲《ほ》しいものだなあ。

と、詠《よ》んだので、これを知《し》った女《おんな》はひどく心《こころ》を痛《いた》めました。邸《やしき》の主人《しゅじん》は見《み》張《は》りを解《と》いたのでした。

これは二条《にじょう》の后《きさき》のもとに、人目《ひとめ》を忍《しの》んで通《かよ》っていたのを、世《よ》の中《なか》に噂《うわさ》が立《た》ったので、后《きさき》の兄《あに》たちが守《まも》らせなさったということです。

❖むかし、男《をとこ》ありけり。東《ひむがし》の五条《ごでう》わたりに、いと忍《しの》びて行《い》きけり。みそかなる所《ところ》なれば、門《かど》よりもえ入《い》らで童《わらは》べの踏《ふ》みあけたる築地《ついひぢ》の崩《くづ》れより通《かよ》ひけり。人《ひと》しげくもあらねど、たび重《かさ》なりければ、主《あるじ》聞きつけて、その通《かよ》ひ路《ぢ》に夜《よ》ごとに人《ひと》をすゑてまもらせければ、行《い》けども、えあはで帰《かへ》りけり。さて、よめる、

人知《ひとし》れぬわが通《かよ》ひ路《ぢ》の関守《せきもり》は宵々《よひよひ》ごとにうちも寝《ね》ななむ

とよめりければ、いといたう心《こころ》やみけり。主《あるじ》許《ゆる》してけり。

二条《にでう》の后《きさき》に忍《しの》びて参《まゐ》りけるを、世《よ》の聞《きこ》えありければ、兄人《せうと》たちの守《まも》らせたまひけるとぞ。

✲注記に従えば、邸の主人は五条の皇太后、兄たちは藤原国経《くにつね》、基経《もとつね》ということになる。さすがの主人も男の熱情にほだされ、女の心痛を見かねて許したという。この結末は、前後の段の内容とは矛盾するが、筋を通すことより、歌の持つ力にすべてが収《しゅう》斂《れん》するさまざまな恋の形を、語り手も読み手も楽しんだのであろう。

◆芥河《あくたがわ》はかなき女《ひと》は露《つゆ》と消《き》え〈六段〉

むかし、こんな男《おとこ》がいましたっけ。とうてい手《て》に入《い》れることができそうもない高貴《こうき》な女《おんな》で、何年《なんねん》にもわたり求婚《きゅうこん》し続《つづ》けていたその女《おんな》を、やっとのことで盗《ぬす》み出《だ》して、たいそう暗《くら》い中《なか》を逃《に》げて来《き》たのでした。芥河《あくたがわ》という河《かわ》の辺《ほとり》に女《おんな》を連《つ》れて行《い》ったところ、女《おんな》は草《くさ》の上《うえ》に置《お》いていた露《つゆ》を見《み》て「あれは、なあに」などと男《おとこ》に尋《たず》ねたのでした。行《ゆ》く先《さき》も遠《とお》く、夜《よる》も更《ふ》けてしまったので、鬼《おに》がいる所《ところ》とも知《し》らないで、——その上《うえ》雷《かみなり》さえも激《はげ》しく鳴《な》り、雨《あめ》もひどく降《ふ》ったので——荒《あ》れ果《は》てている蔵《くら》に、女《おんな》を奥《おく》に押《お》し入《い》れて、男《おとこ》は弓《ゆみ》と胡籙《やなぐい》(=矢《や》を入《い》れる道具《どうぐ》)を背負《せお》って戸口《とぐち》を守《まも》っていました。早《はや》く雨《あめ》もやみ夜《よる》が明《あ》けて欲《ほ》しいと思《おも》い続《つづ》けながらいましたが、蔵《くら》の中《なか》では鬼《おに》がたちまち一口《ひとくち》に女《おんな》を食《た》べてしまったのでした。女《おんな》は「ああーっ」と声《こえ》をあげましたが、雷《かみなり》の鳴《な》る騒《さわ》ぎに、男《おとこ》には聞《き》こえなかったのでした。だんだんと夜《よる》も明《あ》けてゆくので、見《み》ると連《つ》れてきた女《おんな》もいないのです。男《おとこ》は足摺《あしずり》をして泣《な》くけれども、何《なん》の甲斐《かい》もないのです。

「あのきらきらしているのは、あれは……、真珠《しんじゅ》なの、なあに」とあの女《ひと》が尋《たず》ねた時《とき》、「あれは、露《つゆ》だよ」と答《こた》えて、はかなく消《き》えてしまえばよかったものを（ああ……、私一人《わたしひとり》が残《のこ》されてしまった……）

これは二条《にじょう》の后《きさき》が従姉《いとこ》の女御《にょうご》（明子《あきらけいこ》、文徳天皇《もんとくてんのう》の女御《にょうご》、清和天皇母《せいわてんのうはは》）のお側《そば》にお仕《つか》えするような形《かたち》でいられたのを、容貌《ようぼう》がとても愛《あい》らしくていらしたので、男《おとこ》が盗《ぬす》み出《だ》して背負《せお》って出《で》たのを、兄君《あにぎみ》の堀河大臣《ほりかわだいじん》（基経《もとつね》）、太《た》郎国経《ろうくにつね》の大納言《だいなごん》が——その頃《ころ》はまだ若《わか》く身分《みぶん》が低《ひく》くて、内裏《だいり》に参内《さんだい》なさる途中《とちゅう》だったが——、たいそう泣《な》く女人《にょにん》がいるのを聞《き》きつけて、引《ひ》き留《と》めて取《と》り返《かえ》してしまわれた。それを、このように「鬼《おに》」のしわざなどというのでした。まだとてもお若《わか》くて后《きさき》がふつうのご身分《みぶん》でいらした時《とき》のこととか。

❖むかし、男《をとこ》ありけり。女《をんな》のえ得《う》まじかりけるを、年《とし》を経《へ》てよばひわたりけるを、からうして盗《ぬす》み出《い》でて、いと暗《くら》きに来《き》けり。芥河《あくたがは》といふ河《かは》を率《ゐ》て行《い》きければ、草《くさ》の上《うへ》に置《お》きたりける露《つゆ》を、「かれはなにぞ」となむ男《をとこ》に問《と》ひける。行《ゆ》く先多《さきおほ》く、夜《よ》もふけにければ、鬼《おに》ある所《ところ》とも知《し》らで、神《かみ》さへいといみじう鳴《な》り、雨《あめ》もいたう降《ふ》りければ、あばらなる蔵《くら》に、女《をんな》をば奥《おく》におし入《い》れて、男《をとこ》、弓《ゆみ》、胡簶《やなぐひ》を負《お》ひて戸口《とぐち》にをり。はや夜《よ》も明《あ》けなむと思ひつつゐたりけるに、鬼《おに》はや一口《ひとくち》に食《く》ひてけり。「あなや」と言《い》ひけれど、神鳴《かみな》るさわぎに、え聞《き》かざりけり。やうやう夜《よ》も明《あ》けゆくに、見《み》れば、率《ゐ》て来《こ》し女《をんな》もなし。足摺《あしずり》をして泣《な》けども、かひなし。

白玉《しらたま》かなにぞと人《ひと》の問《と》ひし時露《ときつゆ》とこたへて消《き》えなましものを

これは、二条《にでう》の后《きさき》の、いとこの女御《にようご》の御《おん》もとに、仕《つか》うまつるやうにてゐたまへりけるを、かたちのいとめでたくおはしければ、盗《ぬす》みて負《お》ひて出《い》でたりけるを、御《おん》兄人堀河《せうとほりかは》の大臣《おとど》、太郎国経《たらうくにつね》の大納言《だいなごん》、まだ下臈《げらふ》にて内裏《うち》へ参《まゐ》りたまふに、いみじう泣《な》く人《ひと》あるを聞《き》きつけて、とどめて取《と》りかへしたまうてけり。それを、かく鬼《おに》とは言《い》ふなりけり。まだいと若《わか》うて、后《きさき》のただにおはしける時《とき》とや。

✻有名な「鬼一口《おにひとくち》」と呼ばれる段である。「盗み出でて」とあるが、もちろん女も合意の上であろう。何年にもわたってくどき続けた男と共に、外の世界を見てみたいという気持ちもあったかもしれない。

「芥河」は高槻《たかつき》市にある実在の河とも、宮中の芥（＝塵芥《じんかい》）を流す河とも、架空の河ともいわれているが、あえて決める必要もなさそうである。しかし清川でも澄川でもなく芥河としたところに純愛が際だつように思える。

悪天候の闇夜の方が見つかるまいと、この夜、逃避行《とうひこう》を決行したのだろう。草に置く露が稲妻《いなずま》の光を受けたのか、きらり、と光る。女の「かれはなにぞ」という問いは、カマトトか、と疑われるほど現実離れしてはいるが、読者には、露も知らないような深窓の姫君という印象を強く与える。女としては精一杯の甘えであろう。男にとっては、童女のような子供っぽさがたまらなく思えたに違いない。この無邪気な問いに、男は答えられない。焦っていて余裕もなく、ただ愛着の思いに胸を締め付けられていたのだろう。宝物のような女を蔵に入れ自分は戸口で一晩中守っている。しかし敵は外からだけ来るのではなかった。何の抵抗をする間もなく、いつの間にか女は消えてしまっていた。

「鬼」は当時、人を食う、異形の恐ろしい怪物として想像されていた。業平が女を鬼に食われる話は『今昔物語集』巻二七に載るが、『伊勢物語』とはまったく違う書き方をされている。『今昔物語集』によると、女を蔵に入れて雷に太刀をひらめかしている間に（魔物を払う意味がある）、後ろに寝かした女は頭と着ていた着物だけを残して、あとは食われてしまっていた。業平は驚き、怖ろしさのあまり、自分の着物も取るや取らずに逃げ出した、とある。『今昔物語集』にはこの話の後に、鬼や霊に食われる話が続くが、その目的は怪異さを描くところにある。『伊勢物語』の目的はもちろんそうではなく、やっとのことで盗み出した女が、鬼に食われて死んでしまったにせよ、女の兄たちに奪い返されたにせよ、手の届かないところに行ってしまったことが、男の慟哭《どうこく》の歌に収斂《しゅうれん》するのである。注記のとおりであったとしても、男の目には基経、国経が鬼に見えたであろう。すべてを男に託した女の無邪気さと、それを必死で守ろうとして敗れた男の悔しさ、取り返しようのない思いが、はかなく透明な露のきらめきとなって、読者の心に残るのである。

★「文学のふるさと」

小説家の坂口安吾は「文学のふるさと」の中で、この段をとりあげている。「女を思う男の情熱が激しければ激しいほど、女が鬼に食われるというむごたらしさが生きるのだし、男と女の駆け落ちのさまが美しくせまるものであればあるほど、同様に、むごたらしさが生きるのであります。女が毒婦であったり、男の情熱がいいかげんなものであれば、このむごたらしさはあり得ません。また、草の葉の露をさしてあれは何と女がきくけれども男は返事のひますらもないという一挿話がなければ、この物語の値打ちの大半は消えるものと思われます」

そしてこの救いようのない物語が「私たちに伝えてくれる宝石の冷たさのようなものは、なにか、絶対の孤独——生存それ自体がはらんでいる絶対の孤独、そのようなものではないでしょうか」そして、このむごたらしく救いのないところに「文学のふるさと」、あるいは人間のふるさと」を見るといっている。

◆うらやまし京恋《みやここい》しやかえる浪《なみ》〈七段〉

むかし、こんな男《おとこ》がいましたっけ。京《きょう》の都《みやこ》にいる気力《きりょく》を失《うしな》って、東国《とうごく》(=今《いま》の関東地方《かんとうちほう》)へ行《ゆ》きましたが、伊勢《いせ》(=今《いま》の三重県《みえけん》)、尾張《おわり》(=今《いま》の愛知《あいち》県《けん》)の国境《くにざかい》の海辺《うみべ》(=伊勢湾《いせわん》のあたり)を行《ゆ》く時《とき》、浪《なみ》が真《ま》っ白《しろ》に立《た》つのを見《み》て、

旅《たび》を続《つづ》けるにつれていよいよ、過《す》ぎ去《さ》ってゆく京《きょう》の都《みやこ》の方《ほう》が恋《こい》しく思《おも》われるのに、なんともうらやましくも、寄《よ》せてはかえる浪《なみ》だなあ。

と、このように詠《よ》んだのでした。

❖むかし、男《をとこ》ありけり。京《きやう》にありわびてあづまに行《い》きけるに、伊勢《いせ》、尾張《をはり》のあはひ

の海《うみ》づらを行《ゆ》くに、浪《なみ》のいと白《しろ》く立《た》つを見《み》て、

いとどしく過《す》ぎゆく方《かた》の恋《こひ》しきにうらやましくもかへる浪《なみ》かな

となむ、よめりける。

✱突然、京の都を落ち、東国《とうごく》へ向かう「昔男《むかしおとこ》」。理由は「京にありわびて」とある。「わぶ」は気落ち落胆のようすを見せるという意味。失意のあまり京の都にいられないという。旅は女を盗み出し喪《うしな》ったことが原因の漂泊《ひょうはく》と読める。いわゆる「昔男の東《あずま》下《くだ》り」の始まりである。

◆友《とも》と見《み》る浅間《あさま》の山《やま》に立《た》つ煙《けむり》〈八段〉

むかし、こんな男《おとこ》がいましたっけ。京《きょう》の都《みやこ》が住《す》みづらかったのだろうか、東国《とうごく》の方《ほう》へ行《い》って、住《す》む所《ところ》を求《もと》めようというので、友人《ゆうじん》とする人一人二人《ひとひとりふたり》とともに行《い》ったのでした。信濃《しなの》の国《くに》(=今《いま》の長野県《ながのけん》)、浅間山《あさまやま》に煙《けむり》が立《た》つのを見《み》て、

信濃《しなの》にある浅間《あさま》の山《やま》に立《た》つ煙《けむり》、それを、遠《とお》くの人《ひと》も近《ちか》くの人《ひと》も見《み》てはとがめないのだろうか、とがめないはずはないのだが。

❖むかし、男《をとこ》ありけり。京《きやう》や住《す》み憂《う》かりけむ、あづまの方《かた》に行《ゆ》きて住《す》み所《どころ》求《もと》むとて、友《とも》とする人《ひと》ひとりふたりして、行《ゆ》きけり。信濃《しなの》の国《くに》、浅間《あさま》の嶽《だけ》に煙《けぶり》の立《た》つを見《み》て、

信濃《しなの》なる浅間《あさま》の嶽《だけ》に立《た》つ煙《けぶり》をちこち人《びと》の見《み》やはとがめぬ

✽もとこの歌は、詠《よ》み人知らずの伝承歌であったらしい。煙が目立つように、人目を忍《しの》ぶ恋が世間に知られるのを恐れる気持ちを歌う。

山といえば比叡山《ひえいざん》、河といえば加茂川《かもがわ》しか見たことのない都人《みやこびと》にとって、すさまじく煙を噴く山は驚きだったであろう。

そもそも都人にとって東国とは「文化果つる所（＝文化的後進地域）」として、侮蔑《ぶべつ》の目で見られていた。東国の男は荒々しく低級な者とされ、東国風の発音も、「東声《あずまごえ》」といって、都の人には下品に聞こえたという。だから東国に下るには余程の覚悟が必要だった。

もっとも、業平が実際に東下りをしたのかどうかは、史実として確かめようがないが、「昔男の東下り」は、さぞや読者の同情と興味をそそったであろう。

★都人《みやこびと》の旅

昔男をはじめ、平安時代の貴族はめったに都を出なかった。中流貴族が「受領《ずりよう》（＝地方の長官）」に任命され、時に赴任することがあった程度である。従って、歌に地名を詠み込んでも、実際行ったわけではなく、その地名の持つ音の響きやイメージがことばの世界で一人歩きした。そういう地名を「歌枕《うたまくら》」といった。例えば、「暗い小倉山《おぐらやま》」「桜の吉野」「紅葉の龍田河」など。歌人として有名な能因《のういん》法師の代表歌「都をば　霞《かすみ》とともに　たちしかど（＝春、都を出立したが）秋風ぞ吹く　白河の関」も、実は陸奥《みちのく》の旅はせず、都にいて詠んだという説、後には家にこもって顔を日焼けさせ、いかにも旅から帰ったように披露したという潤色まで生まれた。

◆東下《あずまくだ》り――東国《とうごく》の沢《さわ》に淋《さび》しくかきつばた〈九段―一〉

　むかし、こんな男《おとこ》がいましたっけ。その男《おとこ》は、自分《じぶん》の身《み》を、この世《よ》に必《ひつ》要《よう》のない役立《やくた》たずと、敢《あ》えて思《おも》いこんで、「もう京《きょう》の都《みやこ》にはいるまい、東《とう》国《ごく》の方《ほう》へ住《す》むことのできる国《くに》を求《もと》めに行《ゆ》こう」、といって旅《たび》に出《で》たのでした。前々《まえまえ》から友人《ゆうじん》とする人《ひと》、一人二人《ひとりふたり》とともに行《い》ったのでした。道《みち》を知《し》っている人《ひと》もなくて、うろうろと混乱《こんらん》しながら行《ゆ》きました。三河《みかわ》の国《くに》(=今《いま》の愛知県《あいちけん》)、八橋《やつはし》という所《ところ》に行《ゆ》き着《つ》きました。そこを八橋《やつはし》といったのは、水《みず》の流《なが》れてゆく河筋《かわすじ》が、蜘蛛《くも》の足《あし》のように八《やっ》つに分《わ》かれるので、橋《はし》を八《やっ》つ渡《わた》していることから、八橋《やつはし》というのでした。その沢《さわ》のほとりの木《き》の陰《かげ》に馬《うま》からおりて座《すわ》り、お弁当《べんとう》の乾飯《かれいい》(=干《ほ》した携帯用御飯《けいたいようごはん》)を食《た》べました。その沢《さわ》に、かきつばたがたいそう晴《は》れやかに美《うつく》しく咲《さ》いていました。それを見《み》て、ある人《ひと》が、『か・き・つ・ば・た』という五文字《ごもじ》を五《ご》・七《しち》・五《ご》・七《しち》・

「七《しち》の各句《かくく》の初《はじ》めに置《お》いて、旅《たび》の心《こころ》を詠《よ》んでくださいな」と言《い》ったので、昔男《むかしおとこ》が詠《よ》みました、

唐衣《からころも》を着《き》なれるように、慣《な》れ親《した》しんだ妻《つま》が都《みやこ》にいるので、ああ、こんな所《ところ》まではるばると来《き》てしまったなあ、としみじみ旅《たび》の空《そら》を淋《さび》しく思《おも》う。

と詠《よ》んだので、そこにいた人《ひと》はみな、乾飯《かれいい》の上《うえ》に涙《なみだ》を落《お》とし、固《かた》い乾飯《かれいい》が涙《なみだ》を含《ふく》んでふやけてしまったのでした。

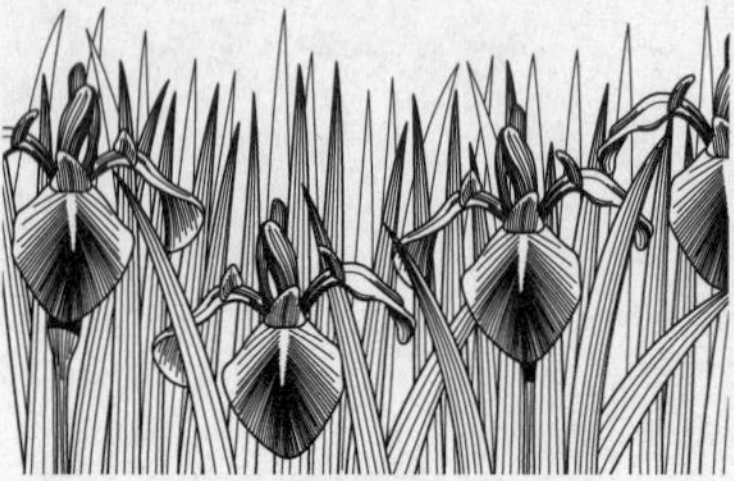

かきつばた

❖むかし、男《をとこ》ありけり。その男《をとこ》、身《み》を要《えう》なきものに思《おも》ひなして、京《きやう》にはあらじ、あづまの方《かた》に住《す》むべき国求《くにもと》めにとて、行《ゆ》きけり。もとより友《とも》とする人一人二人《ひとひとりふたり》して、

行《い》きけり。道知《みちし》れる人《ひと》もなくて、まどひ行《い》きけり。三河《みかは》の国《くに》、八橋《やつはし》といふ所《ところ》に至《いた》りぬ。そこを八橋《やつはし》といひけるは、水《みづ》ゆく河《かは》の蜘蛛手《くもで》なれば、橋《はし》を八《や》つ渡《わた》せるによりてなむ、八橋《やつはし》といひける。その沢《さは》のほとりの木《き》の蔭《かげ》におりゐて、乾飯食《かれいひく》ひけり。その沢《さは》に、かきつばたいとおもしろく咲《さ》きたり。それを見《み》て、ある人《ひと》のいはく、「かきつばたといふ五文字《いつもじ》を句《く》の上《かみ》にすゑて、旅《たび》の心を詠《よ》め」と言《い》ひければ、詠《よ》める、

からころも着《き》つつなれにしつましあればはるばる来《き》ぬる旅《たび》をしぞ思《おも》ふ

と詠《よ》めりければ、みな人《ひと》、乾飯《かれいひ》の上《うへ》に涙落《なみだお》として、ほとびにけり。

✻「身を要なきものに思ひなす」とは、自分が京の都には居所のない必要のない人間だと、自分で決めるということ。つまり貴族にとっては全世界に等しい平安京の秩序――政治的なものも含めて――から自分をはじき出すということである。まったく知らない新天地に居所を求めて、共感する友人一人二人と彷徨《さまよ》っていく。

その理由について、物語の世界では高子《たかいこ》との失恋の痛手を癒《いや》すためと読める。現実

の世界では、藤原氏の他氏排斥の結果とも考えられる。

このあたりで、当時の読者がイメージする「昔男」像に大きな影響を与えている在《あり》原業平《わらのなりひら》について、わかっていることをあげてみよう。

まず、生まれは王族、貴種《きしゅ》である。平城《へいぜい》天皇の皇子阿保《あぼ》親王の五男。かつて、平城天皇も阿保親王も政権闘争に巻き込まれた。母は桓武天皇皇女の伊都《いと》内親王。二歳で臣籍に降下（＝皇族から離れ臣下の身分となる）、在原姓となる（二四四ページ系図参照）。

容貌《ようぼう》、体格などはというと、『三代実録』という書物に、「体貌閑麗《たいぼうかんれい》、放縦拘《ほうじゆうかか》わらず、ほぼ才学なきも、よく和歌を作る」（姿や容貌は優雅で美しく、気ままで何にも煩《わずら》わされず、それほど漢学の素養はないが、和歌は上手に詠む）とある。

藤原氏が着々と権力を持ちつつあるこの時代に、政争に巻き込まれた過去を持つ王族という微妙な生まれ、倫理道徳に煩わされず、当時主流であった漢文よりも和歌を好むという、魅力的なアウトローの姿が浮かび上がってくる。

尊い生まれの人が、何かの罪を犯して、その償いのために流され苦労を重ねる物語を、「貴種流離譚《きしゆりゆうりたん》」という（例えば、『かぐや姫』あるいは、「羽衣伝説」）。昔男の東下りも、その系譜に連なるといえる。

さて、八橋に着き、かきつばたの晴れやかさにしばし旅の憂さを忘れる旅人たち。

かきつばたはアヤメ科で、夏、濃い紫または白の大きな花を咲かせる。そこで昔男は歌を求められる。和歌の各句の初めに五音のことばの一音ずつを置いて詠む、「折句《おりく》」という遊びである。

からころも　きつつなれにし　つましあれば
はるばるきぬる　たびをしぞおもふ

傍線の五音を続けてよむと「かきつばた」となる。それだけでなく、この歌は掛《かけ》詞《ことば》や縁語《えんご》を駆使している。

掛詞とは、一つの音に二つの意味を持たせる技巧。この場合、きつつ（着つつ・来つつ）、なれにし（着なれる・慣れ親しむ）、つま（褄・妻）、はるばる（張る張る・遥々）、きぬる（着ぬる・来ぬる）。

縁語は、縁のあることばを集めること。この場合は「衣服」関係で、から衣・着つつ・なれる・褄・張る・着ぬる。

とっさに、よくもこれだけの技巧を駆使しながら、深く都の妻を思う気持ちを込められるものである。そもそもかきつばたは、女人の比喩《ひゆ》とされる。歌の巧みさと旅愁とが相俟《あいま》って、皆、感涙にむせんだ。涙が滴り落ちて乾飯がふやけた、というのは少々大げさではあるが。

◆東下《あずまくだ》り――道暗《みちくら》く夢《ゆめ》にも宇津《うつ》にも逢《あ》わぬ女《ひと》〈九段―二〉

さらに行《ゆ》きまた行《い》って、駿河《するが》の国《くに》（＝今《いま》の静岡県《しずおかけん》）に着《つ》きました。宇津《うつ》の山《やま》に行《ゆ》き着《つ》いて、これから自分《じぶん》たちが分《わ》け入《い》ろうとする道《みち》は、たいそう暗《くら》く細《ほそ》い道《みち》である上《うえ》に、蔦《つた》、楓《かえで》が生《お》い茂《しげ》り、何《なん》とも心細《こころぼそ》く、こんなはずでないとんでもない目《め》を見《み》るなあ、と思《おも》っている時《とき》に、修行者《すぎょうざ》（＝全国《ぜんこく》を仏道修行《ぶつどうしゅぎょう》して歩《ある》く僧侶《そうりょ》）に会《あ》ったのでした。「あれまあ、こんな遠《とお》い道《みち》に、どうしていらっしゃるので」と言《い》うのを見《み》ると、都《みやこ》で知《し》り合《あ》いだった人《ひと》なのでした。都《みやこ》に、あの女人《にょにん》の御《おん》もとに、と手紙《てがみ》をことづけます。

駿河《するが》にある、宇津《うつ》の山辺《やまべ》のうつ、ではないが、現実《うつつ》にも、夢《ゆめ》にもあなたに逢《あ》わないのですよ（私《わたし》のことをちゃんと思《おも》って下《くだ》さっているのでしょうか）。

夏まで雪が残る富士山は都人にとっては驚きだった

富士《ふじ》の山《やま》を見《み》ると、五月《ごがつ》（＝陰暦五月《いんれきごがつ》、今《いま》の七月初《しちがつはじ》め頃《ころ》、夏《なつ》の盛《さか》り）だというのに、雪《ゆき》がとても白《しろ》く降《ふ》り積《つ》もっています。

季節《きせつ》をわきまえない山《やま》は富士《ふじ》の山《やま》だ、いったい今《いま》をいつと思《おも》ってか、鹿《か》の子《こ》まだらに雪《ゆき》が降《ふ》っているのだろうか。

その富士《ふじ》の山《やま》は、ここ――都《みやこ》――でたとえると、比叡《ひえい》の山《やま》を二十《にじゅう》ばかり重《かさ》ね上《あ》げたほどの高《たか》さで、形《かたち》は、そう、塩尻《しおじり》（＝塩《しお》を作《つく》るための砂山《すなやま》）のようでありました。

❖行《ゆ》き行《ゆ》きて、駿河《するが》の国《くに》に至《いた》りぬ。宇津《うつ》の山《やま》に至《いた》りて、わが入《い》らむとする道《みち》はいと暗《くら》う細《ほそ》きに、蔦《つた》、かへでは茂《しげ》り、もの心細《こころぼそ》く、すずろなる目《め》を見《み》ることと思《おも》ふに、修行者《すぎやうざ》会《あ》ひたり。「かかる道《みち》は、いかでかいまする」と言《い》ふを見《み》れば、見《み》し人《ひと》なりけり。京《きやう》に、その人《ひと》の御《おん》もとにとて、文書《ふみか》きて付《つ》く。

駿河《するが》なる宇津《うつ》の山辺《やまべ》のうつつにも夢《ゆめ》にも人《ひと》にあはぬなりけり

富士《ふじ》の山《やま》を見《み》れば、五月《さつき》のつごもりに、雪《ゆき》いと白《しろ》う降《ふ》れり。

時知《ときし》らぬ山《やま》は富士《ふじ》の嶺《ね》いつとてか鹿《か》の子《こ》まだらに雪《ゆき》の降《ふ》るらむ

その山《やま》は、ここにたとへば、比叡《ひえ》の山《やま》を二十《はたち》ばかり重《かさ》ねあげたらむほどして、なりは塩尻《しほじり》のやうになむありける。

✻「宇《う》津の山」は、古来難所で有名な宇津谷《うつのや》峠のある山。「すずろなる目」は、これという根拠も予測もなく、不意に遭遇してしまったこと。

これから暗い細い道に入って行く。都にいたらこんな目には遭わなかったのに、とまだまだ気持ちは都を離れない。そんな時、まさに地獄で仏、知り合いの修行者がやってきた。修行者の方も、この場におよそ不似合いな一行に驚いたことだろう。都への細い糸がつながった。早速に手紙を託す。当時、夢に相手の姿が見えるのは、相手が自分のことを思ってくれるからだと信じられていた。「駿河なる宇津の山辺の」は「うつつ(=現実)」を「うつ」という同音で引き出す序詞《じょことば》という技巧。

「鹿の子まだら」は子鹿の背中が白い斑模様《まだらもよう》になっているように、富士山に雪が斑に残っているようす。富士山は、実際は比叡山の四、五倍の高さだが、二十倍にも見えたという。都の人が都の人に説明するので、高さは比叡山を基準にし、きれいな円錐《えんすい》形は浜にある塩尻を思い浮かべることになった。

◆東下《あずまくだ》り――隅田河《すみだがわ》問えど答《こた》えぬ都鳥《みやこどり》〈九段―三〉

なお行《ゆ》きまた行《い》って、武蔵《むさし》の国《くに》（=今《いま》の、東京《とうきょう》、埼玉《さいたま》、神奈川《かながわ》あたり）と下《しも》つ総《ふさ》の国《くに》（=今《いま》の千葉《ちば》北部《ほくぶ》と茨城《いばらき》の一部《いちぶ》）との境《さかい》にとても大《おお》きな河《かわ》があります。それを隅田河《すみだがわ》といいます。その河《かわ》のほとりに、一行《いっこう》は集《あつ》まって座《すわ》り、都《みやこ》をはるかに思《おも》いやれば、限《かぎ》りなく遠《とお》くまで来《き》てしまったなあ、と互《たが》いに嘆《なげ》き合《あ》っていると、舟《ふね》の渡《わた》し守《もり》（=船頭《せんどう》）が、「早《はや》く舟《ふね》に乗《の》れえ、日《ひ》も暮《く》れちまうぞ」と言《い》うので、舟《ふね》に乗《の》って河《かわ》を渡《わた》ろうとする時《とき》、皆《みな》、何《なん》ともわびしく、都《みやこ》に大切《たいせつ》に思《おも》う女《ひと》が

『伊勢物語』の都鳥はユリカモメをさす

いないわけではありません。ちょうどそんな折《おり》も折《おり》、白《しろ》い鳥《とり》で、くちばしと脚《あし》とが赤《あか》い、鴫《しぎ》くらいの大《おお》きさの鳥《とり》が、水《みず》の上《うえ》で遊《あそ》び遊《あそ》びしながら魚《うお》を食《た》べます。京《きょう》では見《み》ない鳥《とり》なので、そこにいる者《もの》は誰《だれ》も知《し》りません。渡《わた》し守《もり》に尋《たず》ねたところ、「これがそれ、都鳥《みやこどり》（＝ゆりかもめ）だ」と言《い》うのを聞《き》いて、

都鳥《みやこどり》という名《な》を持《も》っているのならば、さあ、問《と》うてみよう、都鳥《みやこどり》よ、
私《わたし》の思《おも》うあの女《ひと》は、無事《ぶじ》でいるのかどうかと。

と昔男《むかしおとこ》が詠《よ》んだので、舟中《ふねじゅう》の者《もの》は、皆《みな》そろって泣《な》いてしまったのでした。

❖なほ行《ゆ》き行《ゆ》きて、武蔵《むさし》の国《くに》と下《しも》つ総《ふさ》の国《くに》との中《なか》に、いと大《おほ》きなる河《かは》あり。それを隅田河《すみだがは》といふ。その河《かは》のほとりにむれゐて、思《おも》ひやれば、かぎりなく遠《とほ》くも来《き》にけるかな、と、わびあへるに、渡守《わたしもり》、「はや舟《ふね》に乗《の》れ、日《ひ》も暮《く》れぬ」と言《い》ふに、乗《の》り

て、渡《わた》らむとするに、みな人《ひと》ものわびしくて、京《きやう》に思《おも》ふ人《ひと》なきにしもあらず。さるをりしも、白《しろ》き鳥《とり》の、はしとあしと赤《あか》き、鴫《しぎ》の大《おほ》きさなる、水《みづ》の上《うへ》に遊《あそ》びつつ魚《いを》を食《く》ふ。京《きやう》には見《み》えぬ鳥《とり》なれば、みな人見知《ひとみし》らず。渡守《わたしもり》に問《と》ひければ、「これなむ都《みやこ》鳥《どり》」と言《い》ふを聞《き》きて、

名《な》にし負《お》はばいざこと問《と》はむ都鳥《みやこどり》わが思《おも》ふ人《ひと》はありやなしやと

と詠《よ》めりければ、舟《ふね》こぞりて泣《な》きにけり。

✿関東までたどり着き、いよいよ隅田河を渡ることになる。三途《さんず》の川ではないけれど、河を渡り向こう岸へ行くのは、いよいよ異境へ入っていく気がして、さぞ心細いことだろう。渡し守にきつい東言葉《あずま》で怒鳴られ、夕暮れのただでさえ人恋しさが募るちょうどその時、渡し守の口から出た「都鳥」の一言に、こらえていた涙が一気に堰《せき》を切って流れ出す。「ありやなしや」は「生きているかどうか」という意味。愛する人の安否すらわからない切なさが、胸を苦しくする。現在も、隅田河にはこの歌にちなんだ「言問橋《こととい》」という橋がある。

★能楽『隅田川』

この段を素材にした能楽。息子梅若丸《うめわかまる》を人買いにさらわれ、狂気となった母親が、京からはるばる息子を探して東国まで来た。渡し守は舟に乗せようとしないが、『伊勢《いせ》物語』の言葉を引いて納得させ、かもめを見て業平の「都鳥」の歌を口ずさむ。実は川向こうの大念仏は、一年前、この地で病死した梅若丸の回向《えこう》だった。母の念仏に梅若丸の幻が現れるが、夜が明けて見るとそれは塚に生えた草であった。『隅田川』は歌舞伎にも、また、イギリスの作曲家ベンジャミン・ブリテンによってオペラ『カーリュー・リヴァー』にもなった。

◆みよし野《の》でたのむの雁《かり》とめぐり逢《あ》い〈一〇段〉

むかし、男《おとこ》が、武蔵《むさし》の国《くに》まで、あちこち、さまよいさまよいやって来《き》ました。さて、その国《くに》に住《す》む女《おんな》に求婚《きゅうこん》したのでした。女《おんな》の父親《ちちおや》は、別《べつ》の男《おとこ》と結婚《けっこん》させようと言《い》ったけれど、母親《ははおや》の方《ほう》が、男《おとこ》の高貴《こうき》な身分《みぶん》を気《き》に入《い》ったのでした。父親《ちちおや》は貴族《きぞく》ではないふつうの身分《みぶん》の人《ひと》で、母親《ははおや》は藤原氏《ふじわらし》の血筋《ちすじ》でした。それだから、娘《むすめ》は高貴《こうき》な人《ひと》にめあわせたいと思《おも》ったのでした。この婿《むこ》の候補者《こうほしゃ》の男《おとこ》に、母親《ははおや》が歌《うた》を詠《よ》んでよこしました。住《す》むところが、入間郡《いるまぐん》、みよし野《の》の里《さと》だったのです。

みよし野《の》の田《た》の面《む》におりている雁《かり》（私《わたし》の娘《むすめ》）も、ひたすらに、あなた様《さま》の方《ほう》に寄《よ》って鳴《な》いているようです（あなた様《さま》にひたすら心《こころ》を寄《よ》せ、お頼《たよ》り申《もう》しているようですのよ）。

婿《むこ》の候補者《こうほしゃ》、返《かえ》しの歌《うた》、

私《わたし》の方《ほう》に心《こころ》を寄《よ》せて鳴《な》いているというみよし野《の》の、田《た》の面《む》の雁《かり》を忘《わす》れることがありましょうか、いやありません（お嬢《じょう》さんを忘《わす》れることは決《けっ》してありませんよ）。

と。昔男《むかしおとこ》は遠《とお》い他国《たこく》に来《き》てまでも、やはり、こんなこと——色好《いろごの》み——がやまないのでした。

❖むかし、男《をとこ》、武蔵《むさし》の国《くに》までまどひありきけり。さて、その国《くに》にある女《をんな》をよばひけり。父《ちち》はこと人《ひと》にあはせむと言《い》ひけるを、母《はは》なむ、あてなる人《ひと》に心《こころ》つけたりける。父《ちち》はなほ人《びと》にて、母《はは》なむ藤原《ふぢはら》なりける。さてなむ、あてなる人《ひと》にと思《おも》ひける。この婿《むこ》がねに詠《よ》みておこせたりける。住《す》む所《ところ》なむ、入間《いるま》の郡《こほり》、みよし野《の》の里《さと》なりける。

みよし野《の》のたのむの雁《かり》もひたぶるに君《きみ》が方《かた》にぞ寄《よ》ると鳴《な》くなる

婿《むこ》がね、返《かへ》し、

わが方《かた》に寄《よ》ると鳴《な》くなるみよし野《の》のたのむの雁《かり》をいつか忘《わす》れむ

となむ。人《ひと》の国《くに》にても、なほかかることなむやまざりける。

✻からくも東国に着いた昔男だが、恋の情熱は少しも失っていないようだ。「たのむ」は「田の面《おもて》」の意味で、歌では「頼む」をかけることが多い。「頼む」は相手をあてにし、信頼して期待をかける意。「雁」はここでは娘のこと。「みよし野」は現在、埼玉県坂戸市に「三芳野《みよしの》」の地名がある。

この母親は、たとえば、地方官として赴任した貴族の娘で、その地方の男と結婚した、というような境遇の人だろう。もしかして、日頃、夫が歌などろくに詠まないことを不満に思い、娘こそはと思って、貴族の娘のように育てていたのかもしれない。母親と昔男の歌の贈答はぴったりと息が合う。「婿がね」は婿の予定者、候補者の意味。

最後の一行は、語り手の、昔男に対する、ちょっとしたからかいを含んだ評ととれる。「女性問題で火傷《やけど》をして東国まで来たのに、懲《こ》りもせず、またこんなことを……」というところだろうか。

★『源氏物語』への影響

『伊勢物語』は、平安文学の集大成ともいうべき『源氏物語』に大きな影響を与えている。「昔男《むかしおとこ》」の「色好み」、「恋の雅《みやび》」は主人公光源氏《ひかるげんじ》に受け継がれた。光源氏も桐壺帝《きりつぼてい》の皇子《みこ》であるが、臣籍に降下した。元服して左大臣家の婿になるが、敵方右大臣の娘で、入内《じゅだい》させるべく大切に守られていた、朧月夜《おぼろづきよ》と恋に落ちる。光源氏は自ら政界から身を引き、都から遠く寂しい須磨《すま》・明石《あかし》へと落ちてゆく。都には最愛の妻紫の上を残して。しかし、明石の浦で、明石の上という慎《つつ》ましく賢い妻を得、娘をもうける。この娘は後に入内して天皇の母となり、明石一族に繁栄をもたらした。

◆武蔵野《むさしの》の野《の》焼《や》きの煙《けむり》たえかねて〈一二段〉

野焼き（小野家本伊勢物語絵巻）

むかし、こんな男《おとこ》がいましたっけ。きちんとした家《いえ》の娘《むすめ》を盗《ぬす》み出《だ》して、武蔵野《むさしの》へ連《つ》れて行《ゆ》く時《とき》に、――つまり盗人《ぬすびと》であるので――、国守《こくしゅ》に搦《から》め捕《と》られてしまったのでした。男《おとこ》は女《おんな》を草《くさ》むらに隠《かく》し置《お》いて逃《に》げたのでした。道《みち》を来《く》る追《お》っ手《て》の者《もの》が、「この野《の》に盗人《ぬすびと》が隠《かく》れているそうだ」と言《い》って、燻《いぶ》り出《だ》すために火《ひ》をつけようとします。女《おんな》は困《こま》りはてて嘆《なげ》き、武蔵野《むさしの》は、今日《きょう》だけは焼《や》かないでください。若《わか》くいとしい夫《おっと》も草《くさ》の中《なか》に隠《かく》れています、私《わたし》も隠《かく》れています。

と詠《よ》んだのを聞《き》いて、女《おんな》をも捕《つか》まえて、捕《と》らえた男《おとこ》と共《とも》に引《ひ》っ立《た》てて行《い》ってしまいました。

❖むかし、男《をとこ》ありけり。人《ひと》の娘《むすめ》を盗《ぬす》みて、武蔵野《むさしの》へ率《ゐ》て行《ゆ》くほどに、盗人《ぬすびと》なりければ、国《くに》の守《かみ》にからめられにけり。女《をんな》をば草《くさ》むらの中《なか》に置《お》きて、逃《に》げにけり。道来《みちく》る人《ひと》、「この野《の》は盗人《ぬすびと》あなり」とて、火《ひ》つけむとす。女《をんな》、わびて、

武蔵野《むさしの》は今日《けふ》はな焼《や》きそ若草《わかくさ》の夫《つま》もこもれりわれもこもれり

と詠《よ》みけるを聞《き》きて、女《をんな》をばとりて、ともに率《ゐ》ていにけり。

＊「今日はな焼きそ」の「な…そ」は「…してはいけない」という禁止の意味。「つま」は、この場合は「夫」の意味。場合によって、夫と妻のどちらに対しても使う。

この女の歌は有名な古歌で、『古今和歌集』春上にも、読み人知らず（作者未詳）として、初句のみ違う形で載る。もとは、男の歌と考える方が自然であろう。

「春日野は　今日はな焼きそ　若草の　つまもこもれり　我もこもれり」

「野焼き」は、早春、枯れ野に火を放ち焼くこと。灰が肥料となり、よい草が育つ。この歌は、『古今和歌集』では、早春の若菜摘みの歌群に入っている。雪解けを待って野に出、若菜を摘んで食卓にのせるのは、春到来の歓《よろこ》びを表す習慣であった。現代でも、正月七日に「七草《ななくさ》がゆ」を食べると、一年間健康でいられるという。この歌のように、互いに思い合う若い男女が若菜を摘むのは、野遊びの心楽しい情景である。

しかし、『伊勢物語』では、女が困り果てて詠んだ歌となっている。これからわかるのは、歌物語の章段ができあがる一つの過程である。この古歌のように、まったく詠まれた状況の違う歌を、初句を「武蔵野」に変えて、状況も改作し、話の流れの中に入れ込む。誰もが知っている古歌であるからこそ、その意外性が読者におもしろがられたことだろう。

◆恥《は》ずかしや武蔵鐙《むさしあぶみ》を踏《ふ》み違《たが》え〈一三段〉

むかし、武蔵《むさし》にいる男《おとこ》が、京《きょう》にいる女《おんな》のもとに、「申《もう》し上《あ》げるのは恥《は》ずかしい、申《もう》し上《あ》げないのは心苦《こころぐる》しい」と手紙《てがみ》に書《か》いて、その表書《おもてが》きに、「武蔵鐙《むさしあぶみ》」と書《か》いてよこしてから、その後《ご》、何《なん》の音沙汰《おとさた》もなくなってしまったので、京《きょう》から女《おんな》がよこした手紙《てがみ》に、

　あなたは武蔵《むさし》と京《きょう》と両方《りょうほう》に思《おも》いをかけているの
ですね（そっちに好《す》きな女《ひと》ができたのね）、でも、
そうは言《い》っても、あなたを心《こころ》にかけて頼《たの》みにし
ている私《わたし》としては、お便《たよ》りがないのもつらいし、
お便《たよ》りがあるのも……浮気《うわき》が気《き》にかかって、う
っとうしく煩《わずら》わしいのです。

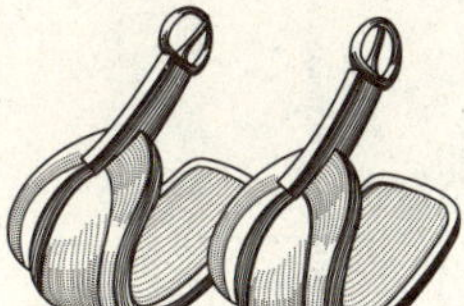

鐙

とあるのを見《み》て、男《おとこ》は耐《た》え難《がた》い気持《きも》ちがしたのでした。
便《たよ》りをすれば煩《わずら》わしいと言《い》う、便《たよ》りをしなければ恨《うら》む、どうしてよいかわからない、こういう時《とき》に、人《ひと》は途方《とほう》にくれて死《し》ぬのだろうよ。

❖むかし、武蔵《むさし》なる男《をとこ》、京《きやう》なる女《をんな》のもとに、「聞《きこ》ゆれば恥《は》づかし。聞《きこ》えねば苦《くる》し」と書《か》きて、うはがきに、「武蔵鐙《むさしあぶみ》」と書《か》きておこせてのち、音《おと》もせずなりにければ、京《きやう》より、女《をんな》、

武蔵鐙《むさしあぶみ》さすがにかけて頼《たの》むには問《と》はぬもつらし問《と》ふもうるさし

とあるを見《み》てなむ、たへがたき心地《ここち》しける。

問《と》へば言《い》ふ問《と》はねば恨《うら》む武蔵鐙《むさしあぶみ》かかるをりにや人《ひと》は死《し》ぬらむ

＊「武蔵鐙」とは武蔵の国の名産である鐙（＝馬具で、鞍《くら》の両側にかけて、乗っている人の左右の足を支えるもの）のことである。なぜ、男は手紙の表書きにこう書いたのだろうか。本書では、鐙は両足を乗せることから、二人の女を思っている、つまり二股《ふたまた》かけているという比喩《ひゆ》ととった。あるいは「武蔵で女と逢う」の意味を含ませる、「鐙を踏み違えて、別の女ともわりない仲になった」とする説もある。

女の歌の、「武蔵鐙　さすがにかけて」は、「武蔵鐙さすがに」が「かけて」を引き出す序詞《じょことば》。「さすが」は鐙に付けた金具のことで縁語。「さすがにかけて」に、「そうはいうもののやはり心にかけて」という意味をかける。

現地の妻ができるのは、そう不思議なことではないが、それをほのめかす昔男は、京の女に実を尽くしていると言えなくもない。しかし、正直に言われた女の気持ちも複雑である。さらにまた、女の気持ちを真っ向から受け止めて、耐え難い、どうしよう、死にたくなってしまう、などと言う男。女は、やっぱり裏切られたと思いつつ、しょうもないとついつい許してしまいそうである。

◆くたかけと悪態《あくたい》ついて捨《す》てられて〈一四段〉

むかし、男《おとこ》が陸奥《みちのく》へあてどもなく出《で》かけ、ある所《ところ》に行《ゆ》き着《つ》いたのでした。そこに住《す》んでいる女《おんな》には、都《みやこ》の男《おとこ》が珍《めずら》しく思《おも》えたのだろうか、切実《せつじつ》に恋慕《こいした》う心《こころ》があったのでした。さて、その女《おんな》が詠《よ》んだ歌《うた》は、

中途半端《ちゅうとはんぱ》に恋《こ》い焦《こ》がれて死《し》なないでむしろ、夫婦仲《ふうふなか》がよいという蚕《かいこ》にでも、なってしまえばよかった。ほんの短《みじか》い命《いのち》であるにしても。

女《おんな》は、人柄《ひとがら》のみならず歌《うた》さえも田舎《いなか》じみているのでした。男《おとこ》はそうはいうもののやはり、しみじみとしたものを感《かん》じたのだろうか、女《おんな》の所《ところ》に行《い》って一夜《いちや》を共《とも》にしたのでした。男《おとこ》がまだ夜《よ》も深《ふか》いうちに出《で》て行《い》ってしまったので、女《おんな》は、

夜《よ》が明《あ》けたら水桶《みずおけ》にはめずにはおくものか、あの腐《くさ》れ鶏《にわとり》め、夜《よ》も明《あ》けないうちから鳴《な》いて、愛《いと》しいあの方《かた》を帰《かえ》してしまった。

と詠《よ》んだのに、男《おとこ》は「都《みやこ》に帰《かえ》るよ」と言《い》って、

あの有名《ゆうめい》な栗原《くりはら》の姉歯《あねは》の松《まつ》がもし人《ひと》ならば、都《みやこ》のお土産《みやげ》に、さあ一緒《いっしょ》に行《ゆ》きましょうと言《い》いたいところだけれど（人《ひと》じゃないから連《つ》れて行《い》けないよ）。

と詠《よ》んだところ、女《おんな》は喜《よろこ》んで、「私《わたし》のことを愛《いと》しいと思《おも》ってくれたらしい」とずっと言《い》っていたのでした。

❖むかし、男《をとこ》、陸奥《みちのくに》にすずろに行《ゆ》きいたりにけり。そこなる女《をんな》、京《きやう》の人《ひと》は珍《めづ》らかにや思《おぼ》えけむ、せちに思《おも》へる心《こころ》なむありける。さて、かの女《をんな》、

なかなかに恋《こひ》に死《し》なずは桑子《くはこ》にぞなるべかりける玉《たま》の緒《を》ばかり

歌《うた》さへぞ鄙《ひな》びたりける。さすがにあはれとや思《おも》ひけむ、行《い》きて寝《ね》にけり。夜深《よぶか》く出《い》でにければ、女《をんな》、

夜《よ》も明《あ》けばきつにはめなでくたかけのまだきに鳴《な》きてせなをやりつる

と言《い》へるに、男《をとこ》、「京《きやう》へなむまかる」とて、

栗原《くりはら》の姉歯《あねは》の松《まつ》の人《ひと》ならば都《みやこ》のつとにいざと言《い》はましを

と言《い》へりければ、よろこぼひて、「思《おも》ひけらし」とぞ言《い》ひをりける。

✻「桑子《くわこ》」は「蚕《かいこ》」のこと。「鄙《ひな》び」は田舎《いなか》じみているという意味。対語は「雅《みやび》」で、宮廷風である、都会風である、上品、優美であるという意味。

当時、女のもとに通ってきた男は、夜明けを告げる鶏の声にせかされ、名残を惜し

みながら帰って行くものだった。しかし昔男《むかしおとこ》は、女の一途《いちず》さにほだされて共寝《ともね》はしたものの、夜明けを待たず早々に帰ってしまう。女は自分の粗野さが原因とは気づかず、鶏に八つ当たりした、とんでもない歌を詠む。「くたかけ」は腐った鶏という意味の口汚い罵《ののし》りの言葉。「きつ」は水槽の方言とも、狐ともいう。水槽に突っ込むか、狐に食わせるか、いずれにしても凄《すさ》まじい言い方で、都文化の申し子である昔男は、相当な異文化ショックを受けたことだろう。「栗原の姉歯の松」は宮城県にある有名な松で、よく歌に詠まれる。男の歌は、あなたが人並みの女ではないから、都には連れて行けないという意味を含むが、女はそれも理解できずに見当違いに喜ぶ。ちょっと気の毒であるが、どんな時にも、粗野な荒々しい感情を露《あら》わにするのは、「雅」ではなく「鄙び」である。「鄙び」は昔男の何よりも嫌うふるまいなのである。

　桑子の歌は、万葉集巻一二に、この段のもとになったらしい歌がある。

「なかなかに　人とあらずは　桑子にも　ならましものを　玉の緒ばかり」

また、姉歯の松の歌の類歌は、『古今和歌集』東歌《あずまうた》に「陸奥歌《みちのくうた》」として、

「をぐろ崎　みつの小島の　人ならば　都のつとに　いざといはましを」

が載る。いずれも古い伝承歌で、これらに状況を書き加えてこの段ができたのだろう。

◆忍《しの》ぶ道《みち》えびす心《ごころ》を見《み》てしまい〈一五段〉

むかし、昔男《むかしおとこ》が、陸奥《みちのく》で、とりたてて取《と》り得《え》もない男《おとこ》の妻《つま》のもとへ通《かよ》っていたが、不思議《ふしぎ》と、そんな男《おとこ》の妻《つま》であっていいような女《おんな》でもなく——奥《おく》ゆかしくたしなみがあるように——見えたので、

近《ちか》くのしのぶ山《やま》ではないが、こっそり忍《しの》んで通《かよ》う道《みち》があればいいなあ、あなたが本当《ほんとう》はどんな人《ひと》なのか、心《こころ》の奥《おく》をも見《み》ることができるように。

女《おんな》はこの上《うえ》もなく嬉《うれ》しがったけれど、男《おとこ》は、女《おんな》の、情《じょう》を解《かい》さない粗野《そや》な本心《ほんしん》を見《み》ては……、どうしたものだろうか（幻滅《げんめつ》してしまったのだった）。

❖むかし、陸奥《みちのく》にて、なでふことなき人《ひと》の妻《め》に通《かよ》ひけるに、あやしう、さやうにて

あるべき女《をんな》ともあらず見《み》えければ、

しのぶ山忍《やましの》びて通《かよ》ふ道《みち》もがな人《ひと》の心《こころ》の奥《おく》も見《み》るべく

女《をんな》、かぎりなくめでたしと思《おも》へど、さるさがなきえびす心《ごころ》を見《み》ては、いかがはせむは。

✱「なでふことなき人」は、官位・人柄・容貌《ようぼう》など、どれをとってもたいしたことがない、つまらない男という意味。しかし、その妻は、こんな都から離れた陸奥で、平凡な男の妻にしておくにはふさわしくない、奥ゆかしい女だった。昔男は、不思議に思って、女の本心を探りたいと思った。歌をもらった女は、この上なく嬉《うれ》しいと手放しで喜んだ。「さがなき」は性格がよくないの意。「えびす心」は無神経で粗野な心の意味で、この場合は女の心をさす。はしたない女の本心を見てしまった男はすっかり気持ちがさめてしまったのだった。

また、人妻のもとに通った理由について、都からの客人をもてなすために、主人が妻を饗応《きょうおう》に差し出したとする、民俗学的な解釈もある。

「しのぶ山」は福島市の北にあり、同音により「忍びて」を引き出す。

★えびす心

この段の結びの部分、「いかがはせむは」の解釈は、さまざまである。まず、女がはしたなく手放しで喜んだので、男が幻滅した、ととる説。次に、女が、自分のような田舎女の心を、男にみすかされたらどうしようと心配になった、ととる説。この説だと、女はむしろ奥ゆかしい雅な女ということになる。あるいは、語り手が、田舎女の心は粗野に決まっている、そんなものをみても興ざめだろうと、男の思い違いを手厳しく評している、ととる説。本書では、前段と同様、「鄙び」に愛想づかしをする昔男ととるのが自然だと考え、最初の説を採った。

◆妻《つま》去《さ》りて尼《あま》の羽衣《はごろも》手《て》に涙《なみだ》〈一六段〉

むかし、紀有常《きのありつね》という人《ひと》がいました。三代《さんだい》の天皇《てんのう》（仁明《にんみょう》・文徳《もんとく》・清和《せいわ》）にお仕《つか》えしてとても栄《さか》えた時《とき》もあったけれど、後《のち》には天皇《てんのう》も代《か》わり時勢《じせい》にとり残《のこ》され、暮《く》らしも世間並《せけんな》み以下《いか》に落《お》ちぶれてしまいました。人柄《ひとがら》は高潔《こう》《けっ》で、上品《じょうひん》なことを好《この》み、その点《てん》常人《じょうじん》とは違《ちが》っているのでした。貧《まず》しく暮《く》らしていても、やはり、むかし豊《ゆた》かだった時《とき》の心《こころ》のままで、ふつうの生活《せいかつ》常識《じょうしき》もないのです。長年《ながねん》馴染《なじ》み親《した》しんだ妻《つま》が、だんだんと床離《とこばな》れして、ついに尼《あま》になって、その姉《あね》が先《さき》に尼《あま》になって暮《く》らしている所《ところ》へ行《ゆ》くのを、有《あり》常《つね》は、――ほんとうに仲睦《なかむつ》まじいということこそなかったけれど――、妻《つま》が「今《いま》はこれでお別《わか》れ致《いた》します」、と出《で》て行《ゆ》くのを、とてもしみじみと感《かん》慨深《がいぶか》く思《おも》ったけれど、貧《まず》しいので、何《なに》も贈《おく》り物《もの》ができないのでした。思《おも》い悩《なや》んで、親《した》しくお互《たが》いに何《なん》でも話《はな》す友人《ゆうじん》のもとへ、「こんなわけで、妻《つま》が、これでお別《わか》れです、と去《さ》っていくのに、何《なに》も、ほんの少《すこ》しのこともしてやれず、行《ゆ》かせてしまうことになった」

と手紙《てがみ》を書《か》いて、最後《さいご》に、

指《ゆび》を折《お》って連《つ》れ添《そ》った年月《としつき》を数《かぞ》えると、十年《じゅうねん》を四回《よんかい》も繰《く》り返《かえ》し、つまり四十年《よんじゅうねん》すごしていたのだなあ。

その友人《ゆうじん》（昔男《むかしおとこ》）はこの手紙《てがみ》を見《み》て、とても気《き》の毒《どく》だと思《おも》って、尼装束《あましょうぞく》はもとより寝具《しんぐ》まで贈《おく》って、それに付《つ》けた歌《うた》は、

年月《ねんげつ》だけでも、四十年《よんじゅうねん》も経《た》っていたのだから、その間《あいだ》、御妻女《ごさいじょ》はいったい何度《なんど》、あなたを頼《たよ》りにしてこられただろうか（あなたの悲《かな》しみもいかばかりかとお察《さつ》し致《いた》します）。

このように昔男《むかしおとこ》が有常《ありつね》に言《い》ってやったところ、有常《ありつね》は、

これこそはあの天《あま》の羽衣《はごろも》ですね、まったくその通《とお》りだ、あなたがお召《め》しになっていたのですね。

なお、喜《よろこ》びにたえず、また、

秋《あき》が来《く》るのだろうか、露《つゆ》が季節《きせつ》を間違《まちが》えたかと思《おも》うほど、袖《そで》が濡《ぬ》れるのは、私《わたし》の嬉《うれ》し涙《なみだ》が降《ふ》っているのだったよ。

❖むかし、紀有常《きのありつね》といふ人《ひと》ありけり。三代《みよ》の帝《みかど》に仕《つか》うまつりて、時《とき》にあひけれど、のちは世《よ》かはり時移《ときうつ》りにければ、世《よ》の常《つね》の人《ひと》のごともあらず。人《ひと》がらは、心《こころ》うつくしく、あてはかなることを好《この》みて、こと人《ひと》にも似《に》ず。貧《まづ》しく経《へ》ても、なほ、むかしよかりし時《とき》の心《こころ》ながら、世《よ》の常《つね》のことも知《し》らず。年《とし》ごろあひ馴《な》れたる妻《め》、やうやう床離《とこはな》れて、つひに尼《あま》になりて、姉《あね》の先立《さきだ》ちてなりたる所《ところ》へ行《ゆ》くを、男《をとこ》、まことにむつましきことこそなかりけれ、今《いま》はと行《ゆ》くをいとあはれと思《おも》ひけれど、貧《まづ》しければ、する業《わざ》もなかりけり。思《おも》ひわびて、ねむごろにあひ語《かた》らひける友《とも》だちのもとに、「かうかう、今《いま》はとてまかるを、なにごともいささかなることもえせで、つかはすこと」と書《か》きて、奥《おく》に、

手《て》を折《を》りてあひ見《み》しことを数《かぞ》ふれば十《とを》といひつつ四《よ》つは経《へ》にけり

かの友《とも》だち、これを見《み》て、いとあはれと思《おも》ひて、夜《よる》のものまでおくりて、詠《よ》める、

年《とし》だにも十《とを》とて四《よ》つは経《へ》にけるをいくたび君《きみ》を頼《たの》み来《き》ぬらむ

かく言《い》ひやりたりければ、

これやこの天《あま》の羽衣《はごろも》むべしこそ君《きみ》が御衣《みけし》と奉《たてまつ》りけれ

よろこびにたへで、また、

秋《あき》や来《く》る露《つゆ》やまがふと思《おも》ふまであるは涙《なみだ》の降《ふ》るにぞありける

✻紀有常《きのありつね》の娘は業平《なりひら》の妻の一人である。また、業平が親しく仕えた惟喬《これたか》親王は有常の妹と文徳天皇の皇子《みこ》。しかし、第一皇子にもかかわらず惟喬親王は皇位継承からはずれ、藤原良房《よしふさ》の娘明《あきらけいこ》子の産んだ第四皇子が清和《せいわ》天皇として即位した。その結果、外戚《がいせき》となった藤原良房一門が強大な権力を握った。有常は政権争奪に敗れ、暮らし向きまで不如意となった（二四四ページ系図参照）。

「床離《とこばな》れ」は寝所を共にしなくなること。当時は老年になると、後生の安楽を願って出家することが多かった。「天の（羽衣）」は「尼の（衣）」をかける。「十といひつつ四つは経にけり」は、四十年とする説に従ったが、十四年とする説もある。妻が十代で結婚したとしても、この時代に四十年連れ添うのは難しい。離婚も比較的自由であった上、床離れも四十歳前後が普通であろう。「それほど睦《むつ》まじくなかった」にせよ、権勢を誇った時も、食うや食わずの時も共に過ごした、そこにこの夫婦の哀切な関係を見る。

零落《れいらく》しても権門に取り入ったりする才覚を持たない有常の、世事への疎《うと》さ、人柄の素直さが窺《うかが》われる。また、そういう有常だからこそ、昔男は友情を尽くすのであろう。藤原氏に排斥された者同士、相通じるものがあったのかもしれない。

「実《まめ》」には実用的の意味もあり、「実男《まめおとこ》」の誠実さには、暮らし向きに対する配慮も含まれる。経済的に困っている相手に、さりげなく洗練された心遣いをする。昔男の雅《みやび》は、相手が異性でも同性でも変わらない。

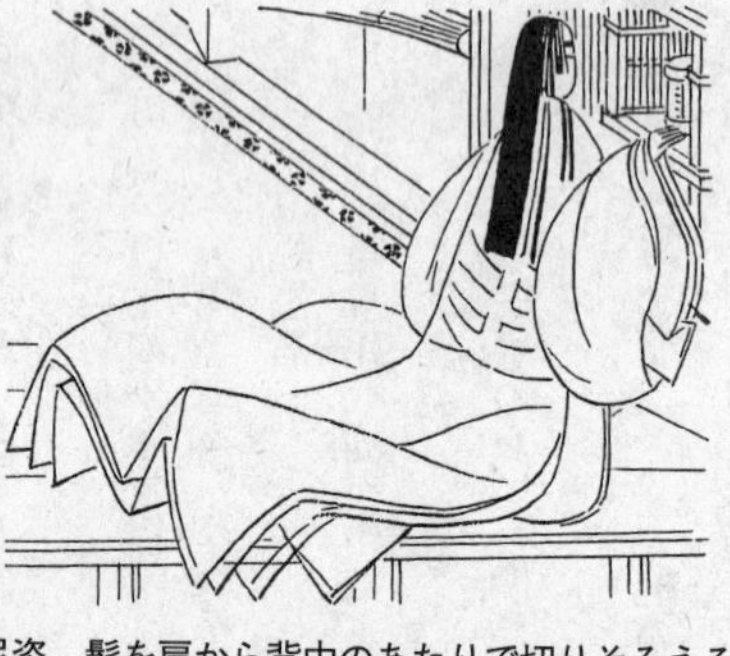

尼姿　髪を肩から背中のあたりで切りそろえる

◆風速《かぜはや》く天雲《あまぐも》遠《とお》く去《さ》って行《ゆ》く〈一九段〉

むかし、男《おとこ》が、お仕《つか》えしていた高貴《こうき》な女人《にょにん》の所《ところ》に、同様《どうよう》に仕《つか》えていた御《ご》達《たち》(=女官《にょかん》)だった人《ひと》と情《じょう》を交《か》わしたのだが、ほどなく別《わか》れてしまったのでした。お仕《つか》えしているのが同《おな》じ所《ところ》なので、女《おんな》の目《め》には男《おとこ》の姿《すがた》が見《み》えるものの、男《おとこ》の方《ほう》は女《おんな》がそこにいるとも思《おも》っていない、つまり完全《かんぜん》に無視《むし》しているのです。女《おんな》は、

天雲《あまぐも》のようにあなたが遠《とお》くなってゆくなあ、そうはいうものの目《め》には見《み》えるのでつらいものだなあ。

と詠《よ》んだので、男《おとこ》の返歌《へんか》は、

天雲《あまぐも》のように私《わたし》が遠《とお》くにばかりい続《つづ》けるのは、私《わたし》の落《お》ち着《つ》くべき山《やま》の

風《かぜ》が速《はや》いからです、あなたが私《わたし》をよせつけないからですよ。
と、詠《よ》みました。それというのもこの女《おんな》は、この男以外《おとこいがい》にも男《おとこ》のいる人《ひと》だということでした。

❖むかし、男《をとこ》、宮仕《みやづか》へしける女《をんな》の方《かた》に、御達《ごたち》なりける人《ひと》をあひ知《し》りたりける、ほどもなく離《か》れにけり。同《おな》じ所《ところ》なれば、女《をんな》の目《め》には見《み》ゆるものから、男《をとこ》は、あるものかとも思《おも》ひたらず。女《をんな》、

天雲《あまぐも》のよそにも人《ひと》のなりゆくかさすがに目《め》には見《み》ゆるものから

と詠《よ》めりければ、男《をとこ》、返《かへ》し、

天雲《あまぐも》のよそにのみして経《ふ》ることはわがゐる山《やま》の風《かぜ》はやみなり

と詠《よ》めりけるは、また男《をとこ》ある人《ひと》となむいひける。

＊「宮仕え」は、宮中や身分の高い人の邸《やしき》に出仕《しゆつし》すること。宮中に部屋を賜《たまわ》りお仕えする女官を「女房」という。「御達」は女房の中でも身分の高い者。

この贈答は、『古今和歌集』恋五に、紀有常の娘と業平の歌として載る。

業平朝臣《なりひらあそん》紀有常《きのありつね》が女《むすめ》に住みけるを（＝結婚したが）、恨むることありて（＝業平が妻に対して何か恨むことがあって）、しばしの間、昼は来て夕去り（＝夕方）は帰りのみしければ、（昼は通ってきて夕方帰るのは、通常の通い婚の形とは逆転している。業平の嫌味な行動である）詠みてつかわしける

天雲の　よそにも人の　なりゆくか　さすがに目には　見ゆるものから

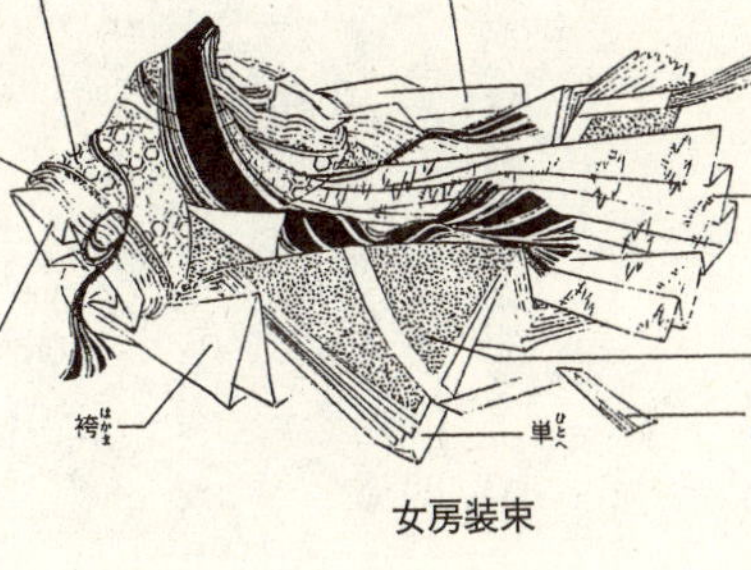

女房装束

（天雲のようにあなたが遠くなっていくなあ、昼はいらっしゃるので目には見えるのですが）

返し　　　業平朝臣

行き帰り　空にのみして　経ることは　我が居る山の　風早みなり

（天雲がどっちつかずに落ち着かない状態で過ごしているのは、あなたが私を落ち着いていさせないためですよ）

この『古今和歌集』の贈答は夫婦の間に何か気まずいことがあったと読める。一説に、紀有常と業平つまり、夫婦仲を心配した父親と婿のやりとりとする。いずれにしても、業平と紀有常の娘は夫婦関係にあったが、『伊勢物語』では女の名は記されていない。

◈便《たよ》りには植《う》えてくれるな忘《わす》れ草《ぐさ》〈二一段〉

むかし、男《おとこ》と女《おんな》がとても深《ふか》く思《おも》い交《か》わして、他《た》の人《ひと》に心《こころ》を移《うつ》すようなことはなかったのでした。ところが、いったいどんなことがあったのか、ほんの些細《ささい》なことで、女《おんな》は男《おとこ》との仲《なか》が嫌《いや》になって、家《いえ》を出《で》て行《ゆ》こうと思《おも》って、このような歌《うた》を詠《よ》んで、ものに書《か》き付《つ》けたのでした。

私《わたし》が出《で》て行《い》ったならば軽々《かるがる》しいふるまいと世間《せけん》の人《ひと》は言《い》うだろう。私《わたし》たち夫婦《ふうふ》の間《あいだ》のことを、人《ひと》は知《し》らないのだから。

と、詠《よ》み置《お》いて、出《で》て行《い》ってしまいました。女《おんな》がこう書《か》き置《お》いたのを、男《おとこ》はわけがわからず、隔《へだ》て心《ごころ》を持《も》つような理由《りゆう》も思《おも》いあたらないのに、どうしてこのようなことを、とひどく泣《な》いて、どちらの方《ほう》へ探《さが》しに行《ゆ》こうかと門先《かどさき》に出《で》て、あちらを見《み》たり、こちらを見《み》たりしたけれど、どこを目当《めあ》て

にしたらいいのかもわからなかったので、帰《かえ》って家《いえ》に入《はい》って、
思《おも》う甲斐《かい》もない男女《だんじょ》の仲《なか》だったのだなあ。長《なが》い年月《ねんげつ》いい加減《かげん》な気持《きも》ち
で契《ちぎ》りを交《か》わしてきただろうか、私《わたし》は決《けっ》してそんなことはなかったの
だが。

と言《い》って、ぼんやり外《そと》をながめていました。

あの女《おんな》は、さあどうなのだろう、私《わたし》のことを思《おも》い出《だ》しているのだろう
か、あの女《おんな》の面影《おもかげ》ばかりが見《み》えてしかたがないのだが。

この女《おんな》は、ずいぶん時《とき》がたってから、我慢《がまん》ができなくなったのだろうか、
こんなふうに言《い》ってきました。

今《いま》はもう、せめて忘《わす》れ草《ぐさ》の種《たね》だけでも、あなたの心《こころ》には播《ま》かせたくな
いのです（忘《わす》れ草《ぐさ》を植《う》えて私《わたし》のことを忘《わす》れたりしないで下《くだ》さい）。

男《おとこ》の返歌《へんか》、

私《わたし》が忘《わす》れ草《ぐさ》を植《う》えるとだけでもせめてあなたが聞《き》くならば、私《わたし》が今《いま》でずっとあなたを忘《わす》れていなかったことに気付《きづ》くでしょうよ。

ふたたび以前《いぜん》よりもいっそう熱《あつ》く言《い》い交《か》わして、男《おとこ》の歌《うた》、

あなたが私《わたし》のことを忘《わす》れてしまうだろうという疑《うたが》いのために、前《まえ》よりもいっそう何《なに》かにつけて悲《かな》しいのです。

女《おんな》の返歌《へんか》、

空《そら》の中程《なかほど》に不安定《ふあんてい》に立《た》ち上《あが》っている雲《くも》が跡形《あとかた》もなく消《き》えるように、私《わたし》の身《み》も頼《たよ》りないものになってしまいました。

とは言《い》ったけれど、それぞれに別《べつ》の相手《あいて》ができてしまったので、二人《ふたり》の仲《なか》

は疎遠《そえん》になってしまったのでした。

❖むかし、男《をとこ》、女《をんな》、いとかしこく思《おも》ひ交《か》はして、異心《ことごころ》なかりけり。さるを、いかなることかありけむ、いささかなることにつけて、世《よ》の中《なか》を憂《う》しと思《おも》ひて、出《い》で去《い》なむと思《おも》ひて、かかる歌《うた》をなむ、詠《よ》みて、ものに書《か》きつけける。

いでていなば心《こころ》かるしと言《い》ひやせむ世《よ》のありさまを人《ひと》は知《し》らねば

と詠《よ》み置《お》きて、出《い》でて去《い》にけり。この女《をんな》かく書《か》き置《お》きたるを、けしう、心置《こころお》くべきことも覚《おぼ》えぬを、何《なに》によりてかかからむと、いといたう泣《な》きて、いづ方《かた》に求《もと》め行《ゆ》かむと門《かど》に出《い》でて、と見《み》かう見《み》、見《み》けれど、いづこをはかりとも覚《おぼ》えざりければ、帰《かへ》り入《い》りて、

思《おも》ふかひなき世《よ》なりけり年月《としつき》をあだに契《ちぎ》りてわれや住《す》まひし

と言《い》ひてながめをり。

人《ひと》はいさ思《おも》ひやすらむ玉《たま》かづら面影《おもかげ》にのみいとど見《み》えつつ

この女《をんな》、いと久《ひさ》しくありて、念《ねん》じわびてにやありけむ、言《い》ひおこせたる、

今《いま》はとて忘《わす》るる草《くさ》の種《たね》をだに人《ひと》の心《こころ》にまかせずもがな

返《かへ》し、

忘《わす》れ草《ぐさう》植うとだに聞《き》くものならば思《おも》ひけりとは知《し》りもしなまし

またまた、ありしよりけに言《い》ひかはして、男《をとこ》、

忘《わす》るらむと思《おも》ふ心《こころ》の疑《うたが》ひにありしよりけにものぞ悲《かな》しき

返《かへ》し、

中空《なかぞら》に立《た》ちゐる雲《くも》のあともなく身《み》のはかなくもなりにけるかな

とは言《い》ひけれど、おのが世々《よよ》になりにければ、疎《うと》くなりにけり。

✻「念じわびて」は我慢しきれなくて。「忘れ草」は「萱草《かんぞう》」のこと。植えると憂《う》いを忘れるという。苦しい恋の相手を忘れるために植える。「種をだに」の「だに」は「せめて…だけでも」という意味。

些細《ささい》なことで行き違ってしまった夫婦の仲。しかし女が家を出るには、それなりの理由があったはずである。男がやみくもにでも探し回らなかったのは、女にとって計算違いだったかもしれない。そのじっと待ついつもの男のやり方が、女をいらだたせたのかもしれない。男はわけもわからず悲しみに沈み、今までの夫婦生活は何だったのかと自問自答する。

この二人の心が歌のやりとりで以前よりぴったりとつながるのは、それは歌の世界の中だからである。歌のやりとりは時に、現実の綻《ほころ》びをはっきりと映し出す。それはおのずと二人にもわかったことだろう。

◈恋《こい》しさは千《ち》夜《よ》を一夜《ひとよ》に八千《やち》夜《よ》にも〈二二段〉

むかし、ふとしたことで別《わか》れてしまった男女《だんじょ》の仲《なか》だったが、やはり忘《わす》れなかったのだろうか、女《おんな》のもとから、

つれない人《ひと》と思《おも》いながら、あなたを忘《わす》れることができないので、一方《いっぽう》では恨《うら》みながら、一方《いっぽう》ではやはり恋《こい》しい。

と言《い》ってきたので「やっぱり思《おも》った通《とお》りだ」と言《い》って、男《おとこ》は、

愛《あい》し合《あ》って心《こころ》を一《ひと》つにした仲《なか》だから、河《かわ》の水《みず》が、川中《かわなか》の島《しま》で二《ふた》つに分《わ》かれても再《ふたた》び一《ひと》つの流《なが》れになるように、私《わたし》たちの仲《なか》は絶《た》えたままにはなるまいと思《おも》う。

と歌《うた》を遣《や》ったけれど、歌《うた》だけでなく実際《じっさい》にその夜《よ》、男《おとこ》は女《おんな》のもとに行《い》った

のでした。過《す》ぎた日々《ひび》のこと、これから先《さき》のことなどあれこれ語《かた》り合《あ》って

男《おとこ》の歌《うた》、

長《なが》い秋《あき》の夜《よ》の千夜《せんや》を一夜分《いちやぶん》と数《かぞ》えて、その一夜《ひとよ》を八千夜《やちよ》、あなたと共《とも》に寝《ね》たい、そうすれば満足《まんぞく》する時《とき》があろうか。

女《おんな》の返歌《へんか》、

長《なが》い秋《あき》の夜《よ》の千夜分《せんやぶん》を一夜《いちや》としたとしても、なお言《い》い足《た》りないことが残《のこ》り睦言《むつごと》が尽《つ》きないうちに、夜明《よあ》けを告《つ》げる鶏《とり》が鳴《な》くでしょう。

むかしよりも、しみじみとした思《おも》いで、男《おとこ》は女《おんな》のもとに通《かよ》ったのでした。

❖むかし、はかなくて絶《た》えにける仲《なか》、なほや忘《わす》れざりけむ、女《をんな》のもとより、

憂《う》きながら人《ひと》をばえしも忘《わす》れねばかつ恨《うら》みつつなほぞ恋《こひ》しき

と言《い》へりければ、「さればよ」と言《い》ひて、男《をとこ》、

あひ見《み》ては心《こころ》ひとつをかはしまの水《みづ》の流《なが》れて絶《た》えじとぞ思《おも》ふ

とは言《い》ひけれど、その夜《よ》いにけり。いにしへ、行《ゆ》く先《さき》のことどもなど言《い》ひて、

秋《あき》の夜《よ》の千《ち》夜《よ》を一夜《ひとよ》になずらへて八《や》千《ち》夜《よ》し寝《ね》ばや飽《あ》く時《とき》のあらむ

返《かへ》し、

秋《あき》の夜《よ》の千《ち》夜《よ》を一夜《ひとよ》になせりともことば残りて鶏《とり》や鳴《な》きなむ

いにしへよりもあはれにてなむ通《かよ》ひける。

✻そもそもそんなに深い仲ではなかったのだろう。些《さ》細《さい》なことが原因で別れてしまっ

た夫婦である。しかしお互いにまだ未練があったらしい。女が歌をよこすのを待ちかねていた男。「それみたことか」と言わんばかりに、とりあえず歌を返しておいて、すぐさまその夜、女のもとに駆けつける。前段の男とは対照的で、どちらかというと大概の女はこちらのタイプに弱いのかもしれない。歌によって行動を起こし、行動して歌で寄り添う。歌のやりとりは時に、現実の綻《ほころ》びを埋める。秋は夜長《よなが》、ただでさえ夜が長い。「千夜を一夜」のやりとりはあきれるほど大げさだが、愛の讃歌《さんか》のデュエットというところだろうか。

結び文　文使《ふみづか》いが届けた

◆筒井筒《つついづつ》――筒井筒《つついづつ》幼《おさな》なじみに恋心《こいごころ》〈二三段―一〉

むかし、田舎《いなか》をまわって仕事《しごと》をしていた人《ひと》の子《こ》どもたちが、井戸《いど》のもとに出《で》て遊《あそ》んでいましたが、いつしか大人《おとな》になったので、男《おとこ》も女《おんな》もお互《たが》いに会《あ》うのを恥《は》ずかしがっていました。が、男《おとこ》はぜひともこの女《おんな》を妻《つま》にしようと思《おも》っています。女《おんな》はこの男《おとこ》をこそ夫《おっと》にと思《おも》い続《つづ》けて、親《おや》が他《ほか》の男《おとこ》と娶《めあわ》せようとしても、聞《き》かないでいたのでした。そんな時《とき》、この隣《となり》の男《おとこ》から、次《つぎ》のような歌《うた》がきました。

昔《むかし》、井筒《いづつ》とせい比《くら》べした私《わたし》の背《せ》丈《たけ》は、井筒《いづつ》を追《お》い越《こ》してしまっ

井筒の周りには人が集まった

たようだよ、あなたに逢《あ》わないでいる間《あいだ》に（ぜひお逢《あ》いしたい――私《わたし》の妻《つま》になってほしいのです）。

女《おんな》の返歌《へんか》、

あなたと長《なが》さを比《くら》べあった私《わたし》の振《ふ》り分《わ》け髪《がみ》も、肩《かた》を過《す》ぎるくらい伸《の》びました。あなたでなくて一体誰《いったいだれ》がこの髪《かみ》を上《あ》げるのでしょう（あなたこそが私《わたし》を大人《おとな》にして、夫《おっと》となる方《かた》なのです）。

などと、言《い》い合《あ》って、ついにもとからの望《のぞ》み通《どお》り結婚《けっこん》したのでした。

❖むかし、田舎《ゐなか》わたらひしける人《ひと》の子《こ》ども、井《ゐ》のもとに出《い》でて遊《あそ》びけるを、大人《おとな》になりにければ、男《をとこ》も女《をんな》も恥《は》ぢかはしてありけれど、男《をとこ》はこの女《をんな》をこそ得《え》めと思《おも》ふ、女《をんな》はこの男《をとこ》をと思《おも》ひつつ、親《おや》のあはすれども聞《き》かでなむありける。さて、このとなりの男《をとこ》のもとより、かくなむ。

筒井《つつゐ》つの井筒《ゐづつ》にかけしまろがたけ過《す》ぎにけらしな妹《いも》見《み》ざるまに

女《をんな》、返《かへ》し、

比《くら》べこし振《ふ》り分《わ》け髪《がみ》も肩《かた》過《す》ぎぬ君《きみ》ならずして誰《たれ》かあぐべき

など言《い》ひ言《い》ひて、つひに本意《ほい》のごとく逢《あ》ひにけり。

✻「田舎わたらひ」は地方まわりの役人。あるいは、地方をまわって商いをしている人。「筒井つの」は丸井戸で、同音で「井筒」を引き出す。「井筒」は井戸の囲い。「まろ」は親しい間での自称。「妹《いも》」は恋人を親しんで呼ぶことば。「振り分け髪」は髪を左右に分けて、肩で切りそろえた髪型。子どものうちは男女ともこの髪型。成人すると、男は髪を結って烏帽子《えぼし》をつける。女は髪を長く伸ばし、成人すると一つに束ねて後ろに垂らした。当時、成人すれば結婚できた。この歌のやりとりは、男の求婚と女の承諾を意味している。

◆筒井筒《つついづつ》――筒井筒《つついづつ》沖《おき》つ白波《しらなみの》乗り越《こ》えて〈二三段―二〉

そうして、何年《なんねん》か経《た》つうちに、女《おんな》は親《おや》が亡《な》くなって経済的《けいざいてき》に頼《たよ》るところがなくなり貧《まず》しくなるにつれて、男《おとこ》は、女《おんな》と一緒《いっしょ》にこんなみすぼらしい暮《く》らしをしていられようか、そんなのは嫌《いや》だなあと思《おも》って、河内《かわち》の国《くに》（＝今《いま》の大阪府《おおさかふ》）の高安《たかやす》の郡《こおり》に通《かよ》って行《ゆ》く女《おんな》ができたのでした。そういうことになったが、このもとの女《おんな》は、嫌《いや》だと思《おも》うようすもなくて、男《おとこ》を出《だ》してやったので、男《おとこ》は、女《おんな》に浮気心《うわきごころ》があって、こんなに快《こころよ》く自分《じぶん》を送《おく》り出《だ》すのかと思《おも》い疑《うたが》って、前栽《せんざい》（＝庭《にわ》の植《う》え込《こ》み）の中《なか》に隠《かく》れ潜《ひそ》んで、河内《かわち》へ行《い》ったふりをして、見《み》ると、この女《おんな》は、たいそうきれいに化粧《けしょう》をして、ぼんやり遠《とお》くを見《み》て物思《ものおも》いに沈《しず》み、

あの寂《さび》しく心細《こころぼそ》い龍田山《たつたやま》を、こんな真夜中《まよなか》にあの人《ひと》は独《ひと》り越《こ》えている

のでしょうか。何事《なにごと》もなければよいが……。

と詠《よ》んだのを聞《き》いて、男《おとこ》は限《かぎ》りなくいとしいと思《おも》って、河内《かわち》高安《たかやす》へも行《ゆ》かなくなってしまいました。

ごくごくまれにあの高安《たかやす》に来《き》てみると、こちらの女《おんな》は、初《はじ》めのうちこそ奥《おく》ゆかしく取《と》り繕《つくろ》っていたけれど、今《いま》は気《き》を許《ゆる》して、侍女《じじょ》の手《て》を借《か》りず手《て》ずから、しゃもじを取《と》ってご飯《はん》を器《うつわ》に盛《も》っていたのを見《み》て、男《おとこ》は嫌気《いやけ》がさして行《ゆ》かなくなってしまいました。

自ら飯を盛る高安の女（鉄心斎文庫丙本伊勢物語絵巻二三段）

❖さて年《とし》ごろ経《ふ》るほどに、女《をんな》、親《おや》なく頼《たよ》りなくなるままに、もろともに言《い》ふかひなくてあらむやはとて、河内《かふち》の国《くに》、高安《たかやす》の郡《こほり》に、行《ゆ》き通《かよ》ふ所《ところ》出《い》できにけり。さりけれど、このもとの女《をんな》、悪《あ》しと思《おも》へるけしきもなくて、出《いだ》し遣《や》りければ、男《をとこ》、異心《ことごころ》ありてかかるにやあらむと思《おも》ひうたがひて、前栽《せんざい》の中《なか》に隠《かく》れゐて、河内《かふち》へ去《い》ぬるかほにて見《み》れば、この女《をんな》、いとよう化粧《けさう》して、うちながめて、

風吹《かぜふ》けば沖《おき》つ白浪龍田《しらなみたつた》山《やま》夜半《よは》にや君《きみ》がひとり越《こ》ゆらむ

と詠《よ》みけるを聞《き》きて、限《かぎ》りなくかなしと思《おも》ひて、河内《かふち》へも行《い》かずなりにけり。まれまれかの高安《たかやす》に来《き》て見《み》れば、はじめこそ心《こころ》にくもつくりけれ、今《いま》はうちとけて、手《て》づから飯匙《いひがひ》とりて笥子《けこ》のうつはものに盛《も》りけるを見《み》て、心憂《こころう》がりて行《い》かずなりにけり。

✻「頼りなくなる」は経済的に頼るところがなくなり、貧しくなるという意味。当時は母系相続で、財産は娘が相続した。男は富裕な家の娘と結婚すると、経済的な後《うし》ろ

盾《だて》を得、出世の糸口も摑《つか》むことになる。ここでも、男が高安へ通うようになったのは、かならずしも浮気心だけではない。「言ふかひなし」は言う甲斐《かい》もない、つまりここでは、お話にならないような貧乏な生活という意味。

「風吹けば沖津白浪（立つ）」は「龍田山」を同音「たつ」で引き出す序詞《じょことば》。風が吹くと沖の白波が立つのは、胸が不安で波立つイメージを呼び起こす。一説に、白波に盗賊の意味をもたせ、危険な山だとする。「龍田山」は大和と河内の間にある。『古今和歌集』雑《ぞう》下には、この歌が載り、左注（＝歌の左側に後から付けられた注）として、この部分とほぼ同じ内容が記される。「女が夜が更けるまで琴《こと》をかき鳴らしながら嘆き、この歌を詠んで寝た」というところが異なる。

当時、「手づから」飯を盛るのは、非常に慎みのないことだったという。この男女はさほどの身分でもなさそうだが、語り手は貴族の感覚で語る。奥ゆかしくしていたのは最初だけで、今は気を許してはしたないふるまいをする高安の女。それにひきかえ、もとの女は、夫のいない間もきちんと身繕《みづくろ》いをして、夫の身を案じる。幼なじみであっても馴《な》れ合わないところに、この女の奥ゆかしさがあり、それは生活苦には代えられないかけがえのないものだったということだろう。

この部分は『大和《やまと》物語』に収められているが、かなり潤色されている。それによると、「もとの女は容姿端麗《たんれい》。高安の女は裕福な女で、行くとたいそう大事に、着る物も整えてくれた。実はもとの女は、心の中ではねたましく、辛《つら》く思っていたのを我慢していた。龍田山の歌を詠んだ後、女は泣き伏して、金鋺《かなまり》（＝金《かね》のお碗《わん》）に水を入れて胸に当てた。そうすると、水が熱湯になって煮えたぎった。湯を捨てて、また水を入れる。男は見ていられずいきなり抱き抱えて寝てしまった。久しぶりに高安に行き、外からのぞくと、高安の女は、一人でいる時にはみすぼらしい着物を着て、大櫛《おおぐし》をさして前髪をかきあげ、自分で御飯を盛っていた。この男は王族だった」とある。すべて事細かに説明し、つじつまがあっているが、『伊勢物語』の哀切さは跡形《あとかた》もない。

◆筒井筒《つついづつ》——筒井筒高安《つついづつたかやす》の女遠《おんなとお》くなり〈二三段—三〉

男《おとこ》が通《かよ》ってこなくなってしまったので、高安《たかやす》の女《おんな》は、男《おとこ》の住《す》む大和《やまと》の方《ほう》を遠《とお》く見《み》て、

あなたのいらっしゃるあたりを見《み》ながら過《す》ごしましょう、大和《やまと》と河内《かわち》との境《さかい》にある生駒山《いこまやま》を、雲《くも》よ隠《かく》さないで、雨《あめ》は降《ふ》るとしても。

と詠《よ》んで、外《そと》を眺《なが》めて暮《く》らしていると、ようやく、大和《やまと》の男《おとこ》が「来《こ》よう」と言《い》ってきました。女《おんな》は喜《よろこ》んで待《ま》っていましたが、言《い》うばかりでたびたび来《こ》ないで過《す》ぎてしまったので、女《おんな》は、

あなたが来《こ》ようとおっしゃった夜《よ》ごとに空《むな》しく過《す》ぎてしまったので、もうあてにはしないけれども、あなたを恋《こ》い慕《した》いながら過《す》ごしていま

す。

と詠《よ》んだけれど、男《おとこ》はとうとう行《ゆ》かなくなってしまいました。

❖さりければ、かの女《をんな》、大和《やまと》の方《かた》を見《み》やりて、

君《きみ》があたり見《み》つつををらむ生駒山雲《いこまやまくも》な隠《かく》しそ雨《あめ》は降《ふ》るとも

と言《い》ひて見《み》いだすに、からうして、大和人《やまとびと》、「来《こ》む」と言《い》へり。よろこびて待《ま》つに、たびたび過《す》ぎぬれば、

君来《きみこ》むと言《い》ひし夜《よ》ごとに過《す》ぎぬれば頼《たの》まぬものの恋《こ》ひつつぞ経《ふ》る

と言《い》ひけれど、男住《をとこす》まずなりにけり。

✲高安の女の歌が二首続き、この段は終わる。全体として統一感を欠くのは、別々だ

った話がつなげられ、増補されてこの形になったからと考えられている。

★能楽『井筒《いづつ》』

能楽『井筒』はこの段を題材にしている。旅の僧が、大和初瀬《はせ》の在原寺《ありわらでら》を訪れた時、若い女が現れ、井戸の水を汲《く》み上げて古塚《ふるづか》に手向《たむ》ける。「筒井筒」や「沖つ白浪」の話を物語り、自分は紀有常《きのありつね》の娘だと名乗って姿を消す。旅の僧が回向《えこう》すると、夢の中に、女が業平《なりひら》の形見の衣装をつけて現れ、舞う。女は井戸におのが姿を映し、業平の面影を偲《しの》んで夜明けとともに姿を消す。

能楽『井筒』

◆梓弓《あずさゆみ》君《きみ》に寄《よ》り添《そ》うわが心《こころ》〈二四段〉

むかし、男《おとこ》が、片田舎《かたいなか》に住《す》んでいました。男《おとこ》は、宮仕《みやづか》えをしに行《ゆ》くと言《い》って、女《おんな》に別《わか》れを惜《お》しんで出《で》て行《い》ったまま、三年《さんねん》訪《おとず》れて来《こ》なかったので、女《おんな》は待《ま》ちわびていたが、——一方《いっぽう》でたいそう心《こころ》こまやかに求婚《きゅうこん》していた人《ひと》がいて、その人《ひと》に「今宵《こよい》あなたのものになりましょう」と約束《やくそく》した——ちょうどその夜《よる》、もとの男《おとこ》がやって来《き》たのでした。「この戸《と》を開《あ》けてください」とたたいたけれど、女《おんな》は開《あ》けないで、とっさに歌《うた》を詠《よ》んで外《そと》に差《さ》し出《だ》したのでした。

三年《さんねん》の間《あいだ》あなたを待《ま》ちわび堪《た》えられなくなって、今夜《こんや》という今夜《こんや》、新《あたら》しい人《ひと》と結婚《けっこん》するのです。

と詠《よ》んで差《さ》し出《だ》したので、もとの男《おとこ》は、

指の血で歌を書く女（伝俵屋宗達筆伊勢物語図帖）

（あづさ弓《ゆみ》ま弓《ゆみ》つき弓《ゆみ》……）長《なが》い年月《ねんげつ》の間《あいだ》私《わたし》がしたように、その人《ひと》ときちんと慈《いつく》しみあって仲良《なかよ》く暮《く》らしなさいよ。

と言《い》って、行《い》ってしまおうとしたので、女《おんな》は、

（あづさ弓引《ゆみひ》けど引《ひ》かねど……）とにもかくにも、昔《むかし》から、私《わたし》の心《こころ》はあなたに寄《よ》り添《そ》っていましたのに。

と言《い》ったけれど、男《おとこ》は帰《かえ》ってしまいました。女《おんな》はとても悲《かな》しくて、後《あと》につ

いて追《お》っていったけれど、追《お》いつくことができなくて、清水《しみず》の湧《わ》き出《で》る所《ところ》に倒《たお》れ伏《ふ》してしまったのでした。そこにあった岩《いわ》に、流《なが》れ出《で》る指《ゆび》の血《ち》で書《か》き付《つ》けた歌《うた》は、

私《わたし》はこれほど思《おも》っているのに、同《おな》じように思《おも》ってくれないで離《はな》れてしまったあの人《ひと》を、引《ひ》き止《と》めることができなくて、私《わたし》の身《み》は、今《いま》ここで消《き》え果《は》ててしまうようです。

と書《か》いて、そこで空《むな》しく死《し》んでしまったのでした。

❖むかし、男《をとこ》、片田舎《かたゐなか》に住《す》みけり。男《をとこ》、宮仕《みやづか》へしにとて、別《わか》れ惜《を》しみて行《ゆ》きにけるままに、三年《みとせ》来《こ》ざりければ、待《ま》ちわびたりけるに、いとねむごろに言《い》ひける人《ひと》に、「今宵《こよひ》あはむ」と契《ちぎ》りたりけるに、この男《をとこ》来《き》たりけり。「この戸《と》あけたまへ」とたたきけれど、開《あ》けで、歌《うた》をなむ、詠《よ》みて、出《いだ》したりける。

あらたまの年《とし》の三年《みとせ》を待《ま》ちわびてただ今宵《こよひ》こそ新枕《にひまくら》すれ

と言《い》ひ出《いだ》したりければ、

あづさ弓《ゆみ》ま弓《ゆみ》つき弓年《ゆみとし》を経《へ》てわがせしがごとうるはしみせよ

と言《い》ひて、去《い》なむとしければ、女《をんな》、

あづさ弓引《ゆみひ》けど引《ひ》かねどむかしより心《こころ》は君《きみ》に寄《よ》りにしものを

と言《い》ひけれど、男帰《をとこかへ》りにけり。女《をんな》、いとかなしくて、しりに立《た》ちて追《お》ひ行《ゆ》けど、え追《お》ひつかで、清水《しみづ》のある所《ところ》に伏《ふ》しにけり。そこなりける岩《いは》に、およびの血《ち》して書《か》きつけける、

あひ思《おも》はで離《か》れぬる人《ひと》をとどめかねわが身《み》は今《いま》ぞ消《き》え果《は》てぬめる

と書《か》きて、そこにいたづらになりにけり。

✻当時、夫が家を出て三年間消息不明の場合は、妻は再婚できるという法令があった。ここでは、法令のためというより、女が自分を納得させるのに、三年という期限が必要だったのかもしれない。

「ねむごろ」は親切に心を込めてという意味。結婚は男が三日続けて通うと成立する。「新枕」はその初日。「あらたまの」は年にかかる枕詞《まくらことば》。

「あづさ弓」は梓の木で作った弓。梓は古く呪力《じゅりょく》のある木とされ、神事にも使われたという。「ま弓」は強靭《きょうじん》な檀《まゆみ》の木で作った弓。「つき弓」は槻《つき》の木で作った弓。「あづさ弓ま弓つき弓」は「年」を引き出す序詞《じょことば》、あるいは「神楽歌《かぐらうた》」の一節か、とされる。さまざまな弓を弾《はじ》いたり、引き絞ったり、たわめたり……いろいろあった二人の長い年月が、この畳みかけるような音とリズムに甦《よみがえ》る。

「あづさ弓」は「引く」の枕詞。「引けど引かねど」は、「他の男が私の気を引こうと引くまいと」あるいは「あなたのお気持ちはどうであっても」という意味か。男の歌のリズムに寄り添い、どうでもいい、ただ、ずっとあなたが好きだったのです、と女は応《こた》える。

枕詞や序詞の効果を理屈で説明するのは難しい。中国から文字がもたらされる前、歌が口伝えであった頃、歌の音やリズムはもっと大きな役割を果たしていただろう。

枕詞や序詞はその時代の名残である。「あづさ弓」の贈答歌の上《かみ》の句は、私たちには、わけのわからない呪文か何かのように聞こえる。しかし二人にとっては身体の奥を揺さぶるような力があったのではないか。現代でいうなら、以前二人で聞いた音楽が、その頃の生活を、身体のリズムで甦《よみがえ》らせるように。

あまりの偶然にうろたえた女は、あれほど待ちわびたのに戸を開けることができない。差し出したのは、三年間の思いを凝縮させた「歌」であった。待って待って待ちくたびれたのです、あなたが一日でも早く帰ってくだされば……。男が詠んだ祝福の「歌」は紆余曲折《うよきょくせつ》あった二人の長い年月を一瞬にして思い出させた。男は去り、あの頃は二度と戻らない。女は無我夢中で追うが、清らかな水の側《かたわら》で力尽きる。女の胸は破れて指から血が滴り、「歌」となって岩に残された。この時代「歌」は、時に命と同じ重さを持ったのである。

◆色好《いろこの》む女《ひと》にじらされ通《かよ》いつめ〈二五段〉

むかし、こんな男《おとこ》がいましたっけ。「逢《あ》いませんよ」とも言《い》わなかった女《おんな》で、そうはいっても逢《あ》ってくれない女《おんな》のもとに、詠《よ》んでやった歌《うた》、

秋《あき》の野《の》に笹《ささ》を分《わ》けて帰《かえ》った、朝露《あさつゆ》に濡《ぬ》れた袖《そで》よりも、あなたに逢《あ》わないで寝《ね》る夜《よる》の袖《そで》の方《ほう》が、いっそうひどく涙《なみだ》に濡《ぬ》れているのでした。

色好《いろごの》みな女《おんな》の返歌《へんか》、

あなたとお逢《あ》いするつもりはないのに……、それを知《し》らないのか、海藻《かいそう》のないのを知《し》らないで浦《うら》に通《かよ》う海人《あま》みたいに、あなたは足《あし》がだるくなるまで通《かよ》っていらっしゃるのね。

❖むかし、男《をとこ》ありけり。逢《あ》はじとも言《い》はざりける女《をんな》の、さすがなりけるがもとに、言《い》ひやりける、

秋《あき》の野《の》に笹《ささ》分《わ》けし朝《あさ》の袖《そで》よりも逢《あ》はで寝《ぬ》る夜《よ》ぞひちまさりける

色好《いろごの》みなる女《をんな》、返《かへ》し、

みるめなきわが身《み》をうらと知《し》らねばや離《か》れなで海人《あま》の足《あし》たゆく来《く》る

✻「さすがなりける女」は、「逢わないとは言わないが、いざとなると逢おうとしない女」「そうはいっても愛情ありげに見えた女」「はっきり言わずじらすだけあって、魅力的な女」など、解釈が分かれる。いずれにしても、女の方が恋の上手《うわて》であることには違いない。そういう女を語り手は「色好みなる女」と評しているのである。「色好み」はこれまで昔男《むかしおとこ》の代名詞のようだったが、この段では逆に、相手が「恋の風情を楽しむ女」だったというわけである。

「みるめ」は「見る目（＝逢うこと）」と「海松布《みるめ》（＝海藻《かいそう》）」の掛詞《かけことば》。「うら」は「浦《うら》」

で、「憂《う》し（＝辛《つら》い）」の「憂《う》」を掛ける。「海松布」「浦」「海人《あま》」は縁語。「みるめなきわが身」を「私はなんの見所もないつまらない女」ととる説もある。「離《か》れなで」は「離《はな》れないで、途絶《とだ》えないで」という意味。「海人」は漁師の意味だが、男をからかい半分にたとえる。

この二首の歌は『古今和歌集』恋三に、業平《なりひら》と小野小町《おののこまち》の歌として載る。並んではいるが、もちろん贈答歌ではない。『伊勢物語』と『古今和歌集』の成立関係は複雑だが、この段に関しては、『古今和歌集』で並んでいるのを贈答歌に仕立てたと考えられている。また、「みるめなき」が小野小町の歌だというので、「色好みなる女」の連想が働いたのだろう。業平と小町は絶世の美男美女ということで好一対をなし、多くの伝説が生まれた。しかし、実際には活躍の時期が異なり、歌を交わすことはなかった。

◆水《みず》の面《おも》映《うつ》る我《われ》見《み》て物思《ものおも》い〈二七段〉

むかし、男《おとこ》が女《おんな》の所《ところ》に一夜《ひとよ》だけ行《い》って、それっきり行《ゆ》かなくなってしまったので、女《おんな》は手《て》を洗《あら》う所《ところ》で、貫簀《ぬきす》（＝手洗《てあら》い用《よう》のたらいを覆《おお》うすだれ）をどけて、たらいの水《みず》に自分《じぶん》の影《かげ》が映《うつ》って見《み》えたのを、独《ひと》り、

自分《じぶん》ほど物思《ものおも》いにふける人《ひと》は他《ほか》にいるまいと思《おも》っていたら、このたらいの水《みず》の下《した》にもう一人《ひとり》いましたよ。

と詠《よ》むのを、あの来《こ》なかった男《おとこ》が立《た》ち聞《ぎ》きして、

水口《みなくち》（＝たらいに水《みず》を入《い》れる所《ところ》）に私《わたし》の姿《すがた》が映《うつ》って見《み》えるのだろうか、蛙《かえる》でさえも、水底《みなそこ》で一緒《いっしょ》に鳴《な》くものです。だから、私《わたし》もあなたと一緒《いっしょ》に泣《な》いているのですよ。

❖むかし、男《をとこ》、女《をんな》のもとに一夜《ひとよ》行《い》きて、またも行《い》かずなりにければ、女《をんな》の手《て》洗《あら》ふ所《ところ》に、貫簀《ぬきす》をうちやりて、たらひのかげに見《み》えけるを、みづから、

わればかりもの思《おも》ふ人《ひと》はまたもあらじと思《おも》へば水《みづ》の下《した》にもありけり

と詠《よ》むを、来《こ》ざりける男《をとこ》立《た》ち聞《き》きて、

水口《みなくち》にわれや見《み》ゆらむかはづさへ水《みづ》の下《した》にてもろ声《ごゑ》に鳴《な》く

✻一夜限りというのは、女にとってずいぶんな仕打ちである。女は夜通し待ち続け、朝身づくろいをする時に、やつれた顔が水に映ったのを見て、思わず歌を口ずさんだのかもしれない。独り詠む歌——独詠歌《どくえいか》——は、詠む人の孤独を際だたせる。それを聞いた男は、歌を返さずにはいられなかったのだろう。男がなぜ来なかったのかはわからないし、どうしてそこに居合わせたのかもわからない。この後、二人はよりを戻したのだろうか。

◈あれほどに固《かた》い契《ちぎ》りも水漏《みずも》れし〈二八段〉

むかし、色好《いろごの》みであった女《おんな》が、家《いえ》を出《で》て行《い》ってしまったので、男《おとこ》が詠《よ》んだ歌《うた》、

どうしてこのように、逢《あ》いがたい仲《なか》になってしまったのだろう、水《みず》も漏《も》らすまいと固《かた》く契《ちぎ》りを結《むす》んでいたものを、ああ、水《みず》が漏《も》ってしまったなあ。

❖むかし、色好《いろごの》みなりける女《をんな》、出《い》でて去《い》にければ、

などてかくあふごかたみになりにけむ水漏《みづもら》さじとむすびしものを

＊「あふご」は「逢《あ》う期《ご》（＝逢う機会）」と「朸《あうご》（＝荷を担ぐための天秤棒《てんびんぼう》）」をかける。「かたみ」は「難《かた》み（＝難しい）」と「筐《かたみ》（＝竹籠《たけかご》）」をかける。「むすぶ」は「結《むす》ぶ（契りを結ぶ）」と「掬《むす》ぶ（水を手ですくう）」をかける。「水」と「掬ぶ」は縁語。

「色好みなりける女」が家を出て、他の男の所へ行ってしまったのを、嘆く男の歌。もちろん後世のような、多情な女というマイナスイメージはあまりない。恋多い女だから、しっかり捕《つか》まえていたつもりだったが、水が漏れるようにすっと逃げられてしまった、やられたなあ、という感じが、掛詞を多用した歌の技巧から伝わってくる。

花筐《はながたみ》

◆枯《か》れ草葉《くさば》呪《のろ》えば生《は》える忘《わす》れ草《ぐさ》〈三一段〉

むかし、宮中《きゅうちゅう》で、男《おとこ》が、位《くらい》の高《たか》い女房《にょうぼう》の局《つぼね》（＝部屋《へや》）の前《まえ》を通《とお》り過《す》ぎたところ、女《おんな》は、男《おとこ》を何《なん》の敵《かたき》と思《おも》ったのだろうか、「まあいいわよ、そこの草葉《くさは》よ。（今《いま》は生《お》い茂《しげ》りはびこっているみたいだけど、結局衰《けつきょくおとろ》え枯《か》れるのよ）どうなっていくか見届《みとど》けてやりましょう」と言《い》います。そこで男《おとこ》が、罪《つみ》もない人《ひと》を呪《のろ》ったりすると、忘《わす》れ草《ぐさ》が、自分《じぶん》の上《うえ》に生《は》えるといいますよ（私《わたし》の不幸《ふこう》を祈《いの》ったりすると、自分《じぶん》が忘《わす》れられますよ）。

と言《い》う。このやりとりを聞《き》いていて、しゃくに障《さわ》り恨《うら》む女《おんな》もいたのでした。

❖むかし、宮《みや》のうちにて、ある御達《ごたち》の局《つぼね》の前《まへ》を渡《わた》りけるに、なにのあたにか思《おも》ひけ

む、「よしや、草葉《くさば》よ。ならむさが見《み》む」と言《い》ふ。男《をとこ》、

罪《つみ》もなき人《ひと》をうけへば忘《わす》れ草《ぐさ》おのが上《うへ》にぞ生《お》ふと言《い》ふなる

と言《い》ふを、ねたむ女《をんな》もありけり。

忘れ草（萱草《かんぞう》）

✱「局の前を渡る」というのは、情を交わした女の部屋の前を素通りすること。女は自分のもとに訪れるのではないかと期待するが、無視されて悪態をついたというところだろう。

「あた」は自分を不幸にした敵の意味。「草葉よ」は男を草葉に見立てて呼びかける。今はあちらこちらの女に言い寄って盛んにもてているけれど、ささざきろくなことはあるまい、それを見届《みとど》けてやるわ、という気持《きも》ち。いっぽう「よしや、草葉《くさば》よ。ならむさが見《み》む」を別の歌の下の句を借りたとみて、「私を忘れたあなたの心の中に、忘れ草がどのように生い茂るかを見届けたい」ととる説もある。この方が男の歌とのつながりはよい。

「ねたし」は相手に負かされた時に、小癪《こしゃく》だ、いまいましいなどと感じる気持ち。やりとりを聞いて「ねたむ女」とは誰なのだろうか。「女の立場がわかる友達の女房」「二人の親密なやりとりをうらやましがる女」「憎まれ口を応酬できる才気をねたんだ女」「男と関係があったが、男を捨てた女」などなど解釈は分かれる。

局は、部屋といってもしきりを立てているだけなので、声や物音は筒抜けである。このやりとりも、あっという間に女房の間に広まってしまうだろう。

◈朝顔《あさがお》の浮気《うわき》気《き》にして下紐《したひも》を〈三七段〉

むかし、男《おとこ》が、色好《いろごの》みな女《おんな》と情《じょう》を交《か》わしたのでした。男《おとこ》は女《おんな》が浮気《うわき》をするのではないか不安《ふあん》に思《おも》ったのでしょうか、

私《わたし》でない男《おとこ》に下紐《したひも》を解《と》いてはいけないよ。いくらあなたが、朝顔《あさがお》のように、夕日《ゆうひ》を待《ま》たずにしぼんでしまう花《はな》——浮気《うわき》な美《うつく》しい女《おんな》であるとしても。

女《おんな》の返歌《へんか》、

あなたと二人《ふたり》して互《たが》いに結《むす》んだ紐《ひも》ですもの、それをひとりでは……あなたとお逢《あ》いするまでは解《と》くまいと思《おも》いますよ。

❖むかし、男《をとこ》、色好《いろごの》みなりける女《をんな》に逢《あ》へりけり。うしろめたくや思《おも》ひけむ、

われならで下紐《しもひも》解《と》くなあさがほの夕影《ゆふかげ》待《ま》たぬ花《はな》にはありとも

返《かへ》し、

二人《ふたり》して結《むす》びし紐《ひも》をひとりしてあひ見《み》るまでは解《と》かじとぞ思《おも》ふ

✻「うしろめたし」は成り行きが不安で気がかりだという意味。女が色好みなので、男は浮気が心配なのである。

「われならで」は「私が相手ではなくて」の意味。「下紐」は下袴《したばかま》・下裳《したも》の腰ひも。これを解くのは、共寝することを意味する。共寝した男女は別れる時に、互いの下紐を結び合い再び逢うまで解かないと、貞節を誓う風習があったという。

朝、別れ際に見る女の顔は、露を含んだ朝顔のように可憐《かれん》でしおらしい。貞節を誓う歌も、かえって不安をかき立てたかもしれない。

◆若者《わかもの》の命《いのち》かけたる恋心《こいごころ》〈四〇段〉

むかし、若《わか》い男《おとこ》が、器量《きりょう》や人柄《ひとがら》などが悪《わる》くはない召使《めしつか》いの女《おんな》をいとしく思《おも》っていました。ところが男《おとこ》にはお節介《せっかい》を焼《や》く親《おや》がいて、息子《むすこ》が惚《ほ》れ込《こ》んでしまったら困《こま》ると思《おも》い、この女《おんな》を他《ほか》へ追《お》い払《はら》おうとします。そうはいっても、まだすぐには追《お》い払《はら》わずにいます。男《おとこ》は親《おや》がかりの身《み》で、自分《じぶん》の考《かんが》えを押《お》し通《とお》す力《ちから》がなかったので、女《おんな》を引《ひ》きとめる勢《いきお》いがないのです。女《おんな》も低《ひく》い身分《みぶん》なので、抵抗《ていこう》する力《ちから》がありません。そうこうしているうちにも、二人《ふたり》の愛情《あいじょう》はますます燃《も》え上《あ》がりました。それで急《きゅう》に、親《おや》が、この女《おんな》を追《お》い払《はら》いました。男《おとこ》は血《ち》の涙《なみだ》を流《なが》すけれども、引《ひ》きとめる手段《しゅだん》もありません。親《おや》に命《めい》じられた人《ひと》が女《おんな》を連《つ》れて行《い》ってしまいました。男《おとこ》が泣《な》く泣《な》く詠《よ》んだ歌《うた》、女《おんな》が自分《じぶん》から出《で》て行《ゆ》くのなら、誰《だれ》が別《わか》れ難《がた》く思《おも》うだろうか（まだ諦《あきら》めもつく。むりやり連《つ》れて行《ゆ》かれたのだから）。同《おな》じ家《いえ》にいて逢《あ》えなかった今《いま》まで以上《いじょう》に、今日《きょう》はなんとも悲《かな》しいなあ。

と詠《よ》んで息《いき》が絶《た》えてしまったのでした。親《おや》はうろたえあわてました。やはり息子《むすこ》のことを思《おも》うからこそ意見《いけん》したのに、まさかこのようなことにはなるまいと思《おも》ううちに、本当《ほんとう》に息絶《いきた》えてしまったので、取《と》り乱《みだ》して、神仏《しんぶつ》に願《がん》を立《た》てました。今日《きょう》の入相《いりあい》（＝日没《にちぼつ》）の頃《ころ》に息絶《いきた》え、翌日《よくじつ》の戌《いぬ》の刻《とき》（＝今《いま》の午後八時《ごごはちじ》）頃《ころ》に、ようやく息《いき》を吹《ふ》き返《かえ》したのでした。むかしの若者《わかもの》（昔男《むかしおとこ》）はこのような命《いのち》がけの恋《こい》をしたものでした。今《いま》の翁《おきな》（老人《ろうじん》となった昔男《むかしおとこ》）は、このような恋《こい》をするでしょうか、……もうそんな情熱《じょうねつ》はないでしょうね。

❖むかし、若《わか》き男《をとこ》、けしうはあらぬ女《をんな》を思《おも》ひけり。さかしらする親《おや》ありて、思《おも》ひもぞつくとて、この女《をんな》をほかへ追《お》ひやらむとす。さこそいへ、まだ追《お》ひやらず。人《ひと》の子《こ》なれば、まだ心勢《こころいきほ》ひなかりければ、止《とど》むる勢《いきほ》ひなし。女《をんな》もいやしければ、すまふ力《ちから》なし。さるあひだに、思《おも》ひはいやまさりにまさる。にはかに、親《おや》、この女《をんな》を追《お》ひうつ。男《をとこ》、血《ち》の涙《なみだ》を流《なが》せども、止《とど》むるよしなし。率《ゐ》て出《い》でて去《い》ぬ。男《をとこ》、泣《な》く泣《な》く詠《よ》める、

出《い》でて去《い》なば誰《たれ》か別《わか》れの難《かた》からむありしにまさる今日《けふ》は悲《かな》しも

と詠《よ》みて絶《た》え入《い》りにけり。親《おや》、あわてにけり。なほ思《おも》ひてこそ言《い》ひしか、いとかくしもあらじと思《おも》ふに、真実《しんじち》に絶《た》え入《い》りにければ、まどひて願立《ぐわんた》てけり。今日《けふ》の入相《いりあひ》ばかりに絶《た》え入《い》りて、またの日《ひ》の戌《いぬ》の時《とき》ばかりになむ、からうして生《い》きいでたりける。むかしの若人《わかうど》はさる好《す》けるもの思《おも》ひをなむしける。今《いま》の翁《おきな》、まさにしなむや。

✻「血の涙」は漢語の血涙《けつるい》。泣き続けて涙が尽《つ》きた時出るという血の涙。「願立《がんた》て」は

神仏に頼み、望みがかなうように祈ること。

「今の翁」は、年を取った昔男をからかった語り手の評ととるが、「今時の、分別くさい年寄りじみた若者たち」ととる説もある。

身分違いの恋の物語である。子のためを思う親と子の心の行き違いは、今も昔も変わらない。

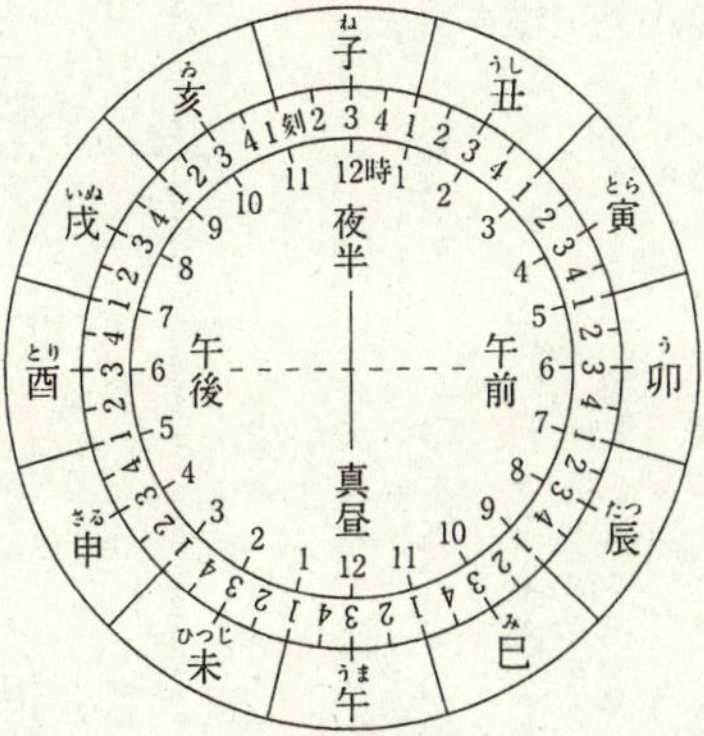

時刻図

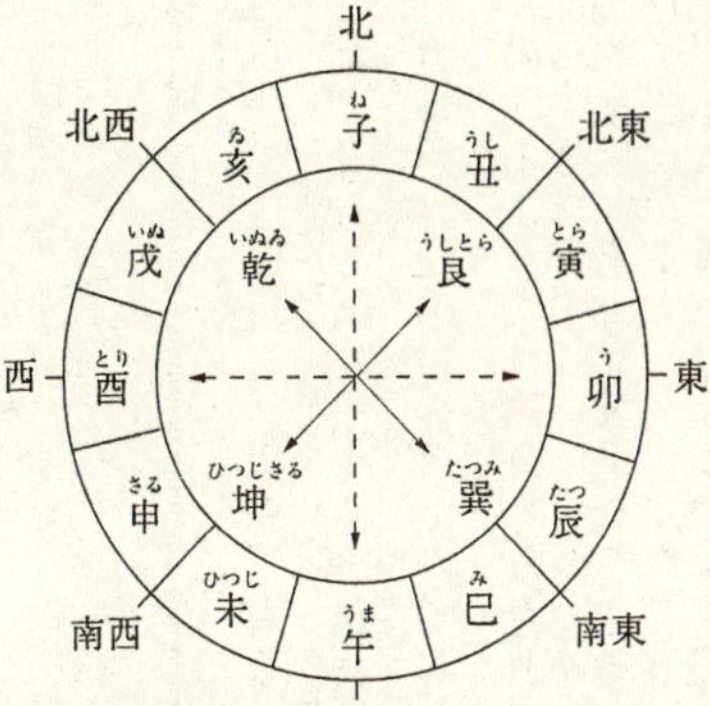

方位図

◆紫《むらさき》と緑《みどり》の草木野《くさきの》に満《み》ちて〈四一段〉

むかし、同腹《どうふく》の姉妹《しまい》が二人《ふたり》いた。一人《ひとり》は身分《みぶん》の低《ひく》い貧《まず》しい男《おとこ》を、もう一《ひと》人《り》は身分《みぶん》の高《たか》い男《おとこ》を夫《おっと》として持《も》ったのでした。身分《みぶん》の低《ひく》い夫《おっと》を持《も》った女《おんな》は、師走《しわす》（＝陰暦十二月《いんれきじゅうにがつ》）の末《すえ》に、夫《おっと》の着物《きもの》を洗《あら》って自分《じぶん》の手《て》で張《は》ったのでした。注意深《ちゅういぶか》くしたのだけれど、そのような下女《げじょ》のするような仕事《しごと》はやりなれていなかったので、着物《きもの》の肩《かた》の所《ところ》を、張《は》る時《とき》に破《やぶ》ってしまいました。どうしたらいいかわからなくて、ただ、さめざめと泣《な》いていました。このことを、あの身分《みぶん》の高《たか》い男《おとこ》が聞《き》いて、とても気《き》の毒《どく》だったので、たいそうきれいな緑色《みどりいろ》の着物《きもの》を見《み》つけて贈《おく》ろうとして、

紫草《むらさきぐさ》の根《ね》が色濃《いろこ》くなる春《はる》は、草木《くさき》がいっせいに芽吹《めぶ》き、見《み》わたす限《かぎ》り緑《みどり》一色《いっしょく》で紫草《むらさきぐさ》と見分《みわ》けがつきません（紫草《むらさきぐさ》――いとしい妻《つま》――と縁《えん》の

ある人《ひと》は捨《す》ててはおけないのです〉。

これはきっと、武蔵野《むさしの》の歌《うた》の心《こころ》に違《ちが》いない（その歌《うた》というのは、「紫《むらさき》の一本《ひともと》故《ゆえ》に　武蔵野《むさしの》の　草《くさ》はみながら　あはれとぞ見《み》る」〈一本《いっぽん》の紫草《むらさきぐさ》を愛《あい》するが故《ゆえ》に、武蔵野《むさしの》の草《くさ》はみな愛《いと》しい〉）。

❖むかし、女《をんな》はらから二人《ふたり》ありけり。一人《ひとり》はいやしき男《をとこ》の貧《まづ》しき、ひとりはあてなる男《をとこも》持たりけり。いやしき男《をとこも》持たる、師走《しはす》のつごもりに、上《うへ》の衣《きぬ》を洗《あら》ひて、手《て》づから張《は》りけり。心《こころ》ざしはいたしけれど、さるいやしきわざもならはざりければ、上《うへ》の衣《きぬ》の肩《かた》を張《は》り破《や》りてけり。せむ方《かた》もなくて、ただ泣《な》きに泣《な》きけり。これをかのあてなる男《をとこき》聞きて、いと心苦《こころぐる》しかりければ、いときよらなる緑衫《ろうさう》の上《うへ》の衣《きぬ》を見《み》いでてやるとて、

紫《むらさき》の色濃《いろこ》き時《とき》はめもはるに野《の》なる草木《くさき》ぞわかれざりける
武蔵野《むさしの》の心《こころ》なるべし。

✻「上の衣《きぬ》」は「袍《ほう》」という役人の正装の上衣《うわぎ》。位《くらい》によって色が決まっている。ここでは六位の緑色のもの。着物を「張る」とは、着物をほどいて布に戻し、洗って糊《のり》づけし、板などに張って乾かすこと。いわゆる洗い張り。元日の儀式にせめて清潔で糊づけされた上衣を着せるためにしたのだろう。身分の低い夫は六位と知れる。六位以下は清涼殿《せいりょうでん》(=宮中の天皇の住まい)に昇殿《しょうでん》を許されない者で「地下《じげ》」という。それに対して昇殿を許される者を「殿上人《てんじょうびと》」という。

男子の正装

「紫草」は根を紫色の染料とする。ここでは「妻」をたとえる。「紫のゆかり」とも歌に詠まれたので、ここでは妻に縁のある人の意味も表す。

夫の身分によってまったく生活が異なってしまった姉妹。物質的な援助をする時には、相手のプライドを傷つけないような細やかな配慮が必要である。とくにこの場合は、低い身分をことさら言うことになりかねない。男の歌だけでは、わかりにくいので、「武蔵野の心……」という説明がついたのだろう。愛《いと》しい妻の縁と言われれば義弟も気持ちよく受け取れる。紀有常の妻に尼衣《あまごろも》を贈った時と同様の、繊細な「雅心《みやび》」がうかがえる。

『古今和歌集』雑《ぞう》上にこの二首は並んで載る。「紫の色濃き時は」は業平作で、「妻《め》のおとうとをもて侍《はべ》りける人（＝妻の妹を妻としている人。古語では男女を問わず年下の兄弟姉妹をおとうとという）に、上の衣を贈るとて、詠みてやりける」という詞書《ことばがき》がある。

この段も、『古今和歌集』に並んで載る二首に状況を書き加えて作られたと考えられる。

◈色好《いろこの》む女《ひと》と通《かよ》わす情《じょう》と文《ふみ》〈四二段〉

むかし、男《おとこ》が、色好《いろごの》みな女《おんな》と十分《じゅうぶん》に知《し》りながら、その女《おんな》と情《じょう》を交《か》わしたのでした。しかし、——色好《いろごの》みであるけれど——憎《にく》らしくは、やはり、なかったのでした。しばしば通《かよ》って行《い》ったけれど、何《なん》と言《い》ってもやはり女《おんな》の浮気《うわき》がとても気《き》がかりで、そうかといって、通《かよ》わないではやはり、いられないのでした。どう思《おも》ってもやはり、また行《ゆ》かずにはいられない仲《なか》だったので、二《に》、三日《さんにち》ばかり用事《ようじ》があって、行《ゆ》くことができなくて、このように詠《よ》みました。

あなたの家《いえ》を出《で》て来《き》た私《わたし》の足跡《あしあと》でさえ、まだ変《か》わらず残《のこ》っているでしょうが、誰《だれ》の通《かよ》い路《じ》に今頃《いまごろ》はもうなっているのだろうか（なんといっても、あなたは浮気《うわき》っぽいから）。

なんとなく疑《うたが》わしくて詠《よ》んだのでした。

❖むかし、男《をとこ》、色好《いろごの》みと知《し》る知《し》る、女《をんな》をあひ言《い》へりけり。されど、憎《にく》くはたあらざりけり。しばしば行《い》きけれど、なほいとうしろめたく、さりとて、行《い》かではたえあるまじかりけり。なほはたえあらざりける仲《なか》なりければ、二日《ふつか》三日《みか》ばかりさはることありて、え行《い》かで、かくなむ、

出《いで》て来《こ》しあとだにいまだかはらじを誰《た》が通《かよ》ひ路《ぢ》と今《いま》はなるらむ

もの疑《うたが》はしさに詠《よ》めるなりけり。

✻「憎く、はた」「行かで、はた」「なほ、はた」と「はた」が頻出する。「はた」は「どう思ってもやはり」という意味で、男は、女の浮気性が気になりやめよう、やめようと思ってもやめられず、二、三日行けないだけで、嫉妬《しっと》深い歌を贈る。よほど魅

力的な女なのであろう。「色好みの女」は何度か登場したが、当時は女の側も、比較的自由に恋愛できたことがうかがわれる。しかし、「色好みの男」は、風流や恋愛情趣がわかる魅力的な男とされるのに、「色好みの女」は男を困らせる浮気な女として描かれているようだ。

◆行《ゆ》く蛍雁《ほたるかり》に伝《つた》えよ秋《あき》の風《かぜ》〈四五段〉

むかし、こんな男《おとこ》がいましたっけ。良家《りょうけ》の娘《むすめ》で大切《たいせつ》に育《そだ》てられている人《ひと》が、どうにかしてこの昔男《むかしおとこ》と親《した》しく語《かた》り合《あ》いたいと思《おも》っていました。しかし、口《くち》に出《だ》すことがむずかしかったのか、なんとなく病《や》みついて、今《いま》にも死《し》ぬという時《とき》に、「このようになるほどあの方《かた》を思《おも》っておりました」と乳母《めのと》などに言《い》ったのを、親《おや》が聞《き》きつけて、泣《な》く泣《な》く男《おとこ》に告《つ》げたので、男《おとこ》はあわてふためいて来《き》たけれども、娘《むすめ》は死《し》んでしまったので、所在《しょざい》なく空《むな》しく女《おんな》の家《いえ》で喪《も》に籠《こも》っていました。時《とき》は水無月《みなづき》の末頃《すえごろ》（=陰暦六月《いんれきろくがつ》。今《いま》の八月《はちがつ》の上旬頃《じょうじゅんごろ》）でたいそう暑《あつ》い時分《じぶん》だったので、宵《よい》のうちは楽器《がっき》を弾《ひ》いて娘《むすめ》の魂《たましい》を慰《なぐさ》めていて、……夜《よ》が更《ふ》けて、少《すこ》し涼《すず》しい風《かぜ》が吹《ふ》きました。蛍《ほたる》が高《たか》く飛《と》び上《あ》がります。この男《おとこ》は横《よこ》になったまま見《み》て、空行《そらゆ》く蛍《ほたる》よ、雲《くも》の上《うえ》まで飛《と》んで行《ゆ》けるのなら、下界《げかい》ではもう秋風《あきかぜ》が吹《ふ》いている、だから早《はや》く帰《かえ》ってこいと雁《かり》に告《つ》げておくれ（雁《かり》があの人《ひと》の手紙《てがみ》を運《はこ》んで来《く》るように）。

なかなか暮《く》れない夏《なつ》の一日中《いちにちじゅう》、ずっともの思《おも》いにふけっていると、そのことということではないが、あらゆることが悲《かな》しい、そんな気《き》がする。

❖むかし、男《をとこ》ありけり。人《ひと》の娘《むすめ》のかしづく、いかでこの男《をとこ》にもの言《い》はむと思《おも》ひけり。うち出《い》でむこと難《かた》くやありけむ、もの病《や》みになりて、死《し》ぬべき時《とき》に、「かくこそ思《おも》ひしか」と言《い》ひけるを、親《おや》聞《き》きつけて、泣《な》く泣《な》く告《つ》げたりければ、まどひ来《き》たりけれど、死《し》にければ、つれづれとこもりをりけり。時《とき》は水無月《みなづき》のつごもり、いと暑《あつ》きころほひに、宵《よひ》は遊《あそ》びをりて、夜更《よふ》けて、やや涼《すず》しき風《かぜ》吹《ふ》きけり。蛍高《ほたるたか》く飛《と》びあが

る。この男《をとこ》、見《み》ふせりて、

行《ゆ》く蛍雲《ほたるくも》の上《うへ》までいぬべくは秋風《あきかぜ》吹《ふ》くと雁《かり》に告《つ》げこせ

暮《く》れがたき夏《なつ》の日《ひ》暮《ぐ》らしながむればそのこととなくものぞ悲《かな》しき

✻娘の病気は片思いだった。初《うぶ》な娘だったから、なかなか言《い》い出《だ》せなかったのだろう。どうして昔男を思うようになったのだろうか。どこかで偶然姿を見たか、噂を聞いたということだろう。当時「死」は穢《けが》れであったので、触れた場合は喪に籠《こも》らなくてはならなかった。昔男は逢ったこともない娘の死に服喪する。いくら自分を思って恋い死にしたと言われても、死んでしまったのでは空《むな》しいばかりである。

「遊び」は管絃の遊びをいう。高く飛び上がる「蛍」は、娘の魂に見えたことだろう。蛍は、燃えるような恋の歌によく詠まれた。「雁」は秋に飛来し春に北へ帰る渡り鳥。手紙を運んで来るといい、それを「雁《かり》の使《つか》い」「雁《かり》の玉章《たまずさ》」「雁書《がんしょ》」などという。

◆妹《いもうと》よ決《け》して結《むす》ぶな草枕《くさまくら》〈四九段〉

むかし、男《おとこ》が、妹《いもうと》のとてもかわいらしいようすなのを見《み》ていて、
若《わか》く初々《ういうい》しく、寝心地《ねごこち》が良《よ》さそうに見《み》える若草《わかくさ》を、他《ほか》の男《おとこ》が引《ひ》き結《むす》び草枕《くさまくら》にして寝《ね》ると思《おも》うと……（あなたと他《ほか》の男《おとこ》が契《ちぎ》りを結《むす》ぶことを思《おも》うと惜《お》しくてならないよ）。
と詠《よ》みかけた。妹《いもうと》の返歌《へんか》、
なんとおかしなことをおっしゃるのでしょう、お兄様《にいさま》には何《なん》の隔《へだ》て心《ごころ》もなくおりましたのに、驚《おどろ》きました。

❖むかし、男《をとこ》、妹《いもうと》のいとをかしげなりけるを見《み》をりて、

うら若《わか》み寝《ね》よげに見《み》ゆる若草《わかくさ》を人《ひと》のむすばむことをしぞ思《おも》ふ

と聞《きこ》えけり。返《かへ》し、

初草《はつくさ》のなどめづらしき言《こと》の葉《は》ぞうらなくものを思《おも》ひけるかな

✻当時は一夫多妻であったので、異母兄弟姉妹がたくさんいた。子どもは母親の家で育てるので、異母兄弟は顔を合わせないで育つ。同母の兄妹の恋愛は古来タブーであった。異母兄妹の恋愛も平安後期にはなくなった。そうでなくても、女性は父親兄弟にも顔を見せることの少ない時代である。久しぶりに見た妹が、いつのまにか女っぽくなったのに新鮮な驚きを感じたのだろう。『源氏物語』総角《あげまき》巻に、この段の物語絵（＝物語の場面を描いた絵。絵を見るのも娯楽の一つだった）が出てくる。その絵には、妹に琴《こと》を教えているところが描かれている。

◈男女《だんじょ》ともはかない心《こころ》あてにせず〈五〇段〉

むかし、こんな男《おとこ》がいましたっけ。自分《じぶん》の浮気《うわき》を恨《うら》む女《おんな》を逆《ぎゃく》に恨《うら》んで、男《おとこ》が、

鳥《とり》の卵《たまご》を十個《じっこ》ずつ十回《じっかい》、つまり、百個重《ひゃっこかさ》ねることができたとしても、思《おも》ってくれない人《ひと》を思《おも》うようなことがあろうか、いや、ありはしない（自分《じぶん》を思《おも》ってくれない人《ひと》を思《おも》うことはできないよ）。

と詠《よ》んでやったところ、女《おんな》からは、

はかない朝露《あさつゆ》が消《き》え残《のこ》る、そんな奇跡《きせき》があったとしても、もっとはかないあなたとの仲《なか》を、一体誰《いったいだれ》が最後《さいご》まで頼《たよ》りにできるでしょうか、できないに決《き》まっています。

また、男《おとこ》の歌《うた》、

散《ち》りやすい桜《さくら》だが、吹《ふ》く風《かぜ》に、去年《きょねん》の桜《さくら》が散《ち》らないで残《のこ》るなんて奇跡《きせき》があったとしても、ああ、あてにできない、人《ひと》の心《こころ》というものは。

また、女《おんな》の返歌《へんか》、

流《なが》れて行《ゆ》く水《みず》の水面《みなも》に数《かず》を書《か》くと、すぐに消《き》えてしまう。でもそれよりはかないのは、思《おも》ってもくれない人《ひと》を思《おも》うことでした。

また、男《おとこ》の返歌《へんか》、

「流《なが》れ行《ゆ》く水《みず》」と「過《す》ぎ行《ゆ》く年齢《ねんれい》」と「散《ち》っていく花《はな》」と、いったいどれが「待《ま》て」ということばを聞《き》くだろうか、どれも聞《き》きはしない(人《ひと》の心《こころ》だって同《おな》じこと、どんなに願《ねが》ったって、変《か》わらずにあってはくれないもの)。

これは「あだ比《くら》べ——相手《あいて》の浮気《うわき》の責《せ》め比《くら》べ——」をした男女《だんじょ》が、実《じつ》はそれぞれが浮気者《うわきもの》で、忍《しの》び歩《ある》きをしていたということに違《ちが》いないのです。

❖むかし、男《をとこ》ありけり。恨《うら》むる人《ひと》を恨《うら》みて、

鳥《とり》の子《こ》を十《とを》づつ十《とを》は重《かさ》ぬとも思《おも》はぬ人《ひと》を思《おも》ふものかは

と言《い》へりければ、

朝露《あさつゆ》は消《き》えのこりてもありぬべし誰《たれ》かこの世《よ》を頼《たの》みはつべき

また、男《をとこ》、

吹《ふ》く風《かぜ》に去年《こぞ》の桜《さくら》は散《ち》らずともあな頼《たの》みがた人《ひと》の心《こころ》は

また、女《をんな》、返《かへ》し、

行《ゆ》く水《みづ》に数書《かずか》くよりもはかなきは思《おも》はぬ人《ひと》を思《おも》ふなりけり

また、男《をとこ》、

行《ゆ》く水《みづ》と過《す》ぐるよはひと散《ち》る花《はな》といづれ待《ま》ててふことを聞《き》くらむ

あだくらべかたみにしける男女《をとこをんな》の、忍《しの》びありきしけることとなるべし。

✻「卵を十個ずつ十回積み重ねる」は、実現不可能なことのたとえ。もと、中国の「累卵《るいらん》の危《き》(＝非常に危険なことのたとえ)」。

「吹く風に」の歌は、当時よく読まれた『白氏文集《はくしもんじゆう》』の「たとひ、旧年の花梢《こづえ》に残りて後《のち》の春を待つとも、頼み難《がた》きはこれ人の心なり」によったという。

「行く水に数書く」は、はかないことのたとえ。

贈答歌の形にはなっているが、世の無常を嘆く歌と、相手の愛情があてにならないという歌が混ざっていて、歌は対応していない。この段はそもそも歌の寄せ集めだったのだろう。それをまとめるために最後に、「あだくらべ……」の一文が付け加えられたと考えられる。しかし「あだくらべ」の意味がまた、よくわからない。解釈はさまざまで、「浮気の比べ合い（＝それぞれが浮気者で、それを認めつつ、相手の方が浮気だと言い合ったこと）」「はかないもの比べ」「互いに不実であるかのようにふるまうことを競った」など。

現代の私たちから見ると、ちぐはぐでありもしないことを言う、ばかばかしいような歌のやりとりであるが、当時の貴族にとっては、おもしろかったらしい。しかし、最後の「待ってくれないもの」のところでは、私たちも、なるほど、と納得させられてしまう。

★昔から人気の『伊勢物語』

中古の日記文学『蜻蛉日記《かげろうにっき》』の中に、作者道綱《みちつな》の母が、実際に鴨《かも》の卵を十個糸でつなげてみたという記述がある。できないといわれることができることもあるという、この段にちなんだ遊び。作者は卵を夫藤原兼家《かねいえ》の妹の女御《にょうご》に贈り、女御から村上天皇第五皇子に献上された。上流貴族の婦人の間では、『伊勢物語』の世界が、いかに身近な話題であったかがわかる。

◆密《ひそ》やかに恋《こい》した男《おとこ》はわれからか〈五七段〉

むかし、男《おとこ》が、人《ひと》に知《し》られない密《ひそ》かな物思《ものおも》いをしていました。相手《あいて》の、すげない女《おんな》のもとに、

あなたに恋《こ》い焦《こ》がれ果《は》てました。海人《あま》の刈《か》る藻《も》に棲《す》みついているという、「われから」という虫《むし》のように、誰《だれ》のせいでもなく自分《じぶん》のせいで、心《こころ》はもちろんこの身《み》までも砕《くだ》いてしまったなあ。

❖むかし、男《をとこ》、人知《ひとし》れぬ物思《ものおも》ひけり。つれなき人《ひと》のもとに、

恋《こ》ひわびぬ海人《あま》の刈《か》る藻《も》に宿《やど》るてふわれから身《み》をもくだきつるかな

＊「つれなき人」は働きかけても何の反応もしない冷淡な人。この女は、男の手紙にまったく返事をよこさず、とりつく島もないのだろう。完全な片思いで無視されるのは、嫌いと言われるより辛《つら》いのかもしれない。

「われから」は「割殻虫《われからむし》」という節足動物で、乾くと殻が割れることからこの名を持つという。「我から（＝自分から求めてのこと、すべて私だけが悪いのです）」の意味をかけ、よく歌に詠まれる。

季節の花の枝に手紙を結ぶ

◆集《あつ》まって騒《さわ》ぐ女《おんな》が鬼《おに》に見《み》え〈五八段〉

むかし、気《き》がきいて思《おも》いやりのある色好《いろごの》みな男《おとこ》が、旧都《きゅうと》の長岡《ながおか》という所《ところ》に家《いえ》を造《つく》って住《す》んでいました。その住《す》まいの隣《となり》にあった宮様《みやさま》の邸《やしき》に仕《つか》えていた悪《わる》くない女《おんな》たちが、――ここは都《みやこ》の郊外《こうがい》の田舎《いなか》だったので田《た》に実《みの》った稲《いね》を刈《か》らせようと――この男《おとこ》が用意《ようい》しているのを見《み》て、「たいそう風流《ふうりゅう》なお仕事《しごと》ですこと」と言《い》って、集《あつ》まって男《おとこ》の家《いえ》に入《はい》ってきたので、この男《おとこ》は逃《に》げて奥《おく》に隠《かく》れてしまったところ、女《おんな》の一人《ひとり》が、

ひどく荒《あ》れてしまったものですね、ああ、いったい何代《なんだい》の主人《しゅじん》が住《す》み替《か》わった家《いえ》なのでしょうか、住《す》んでいた人《ひと》が、訪《たず》ねても来《き》ませんね（誰《だれ》もいらっしゃらないようですね）。

と詠《よ》んで、男《おとこ》の家《いえ》に女《おんな》たちが集《あつ》まって来《き》て座《すわ》りこんでしまったので、この

男《おとこ》は、葎《むぐら》が生《は》えて、荒《あ》れている家《いえ》がいっそう厭《いと》わしいのは、稲《いね》を刈《か》ろうとすると、一時《いっとき》にせよ美《うつく》しい女《おんな》に姿《すがた》を変《か》えて鬼《おに》が集《あつ》まって騒《さわ》ぐからなのだなあ。

と書《か》いて、差《さ》し出《だ》しました。この女《おんな》たちは「あなたが稲刈《いねか》りをなさるのなら私《わたし》たちは落《お》ち穂《ぼ》を拾《ひろ》いましょう」と言《い》ったので男《おとこ》が詠《よ》んだ歌《うた》、あなた方《がた》が暮《く》らしに困《こま》り果《は》てて落《お》ち穂《ぼ》を拾《ひろ》うと聞《き》くならば、私《わたし》も田《た》んぼへ行《ゆ》きたいものですが（でもお困《こま》りのはずはないから、私《わたし》は行《ゆ》きませんよ）。

❖むかし、心《こころ》つきて色好《いろごの》みなる男《をとこ》、長岡《ながをか》といふ所《ところ》に家造《いへつく》りてをりけり。そこのとなりなりける宮《みや》ばらに、こともなき女《をんな》どもの、ゐなかなりければ、田刈《たか》らむとて、この男《をとこ》のあるを見《み》て、「いみじの好《す》き者《もの》のしわざや」とて、集《あつま》りて入《い》り来《き》ければ、この男《をとこ》、逃《に》げて奥《おく》に隠《かく》れにければ、女《をんな》、

荒《あ》れにけりあはれいく世《よ》の宿《やど》なれや住《す》みけむ人《ひと》のおとづれもせぬ

と言《い》ひて、この宮《みや》に集《あつま》り来《き》ゐてありければ、この男《をとこ》、

葎生《むぐらお》ひて荒《あ》れたる宿《やど》のうれたきはかりにも鬼《おに》のすだくなりけり

とてなむ出《いだ》したりける。この女《をんな》ども、「穂《ほ》ひろはむ」と言《い》ひければ、

うちわびて落穂《おちぼ》ひろふと聞《き》かませばわれも田《た》づらに行《ゆ》かましものを

✻「長岡」は奈良から京都へ都が遷《うつ》る間の十年間、都があった所。今の京都府長岡京市のあたりで、京の都の郊外。「宮ばら」は宮腹か。業平《なりひら》の母、伊都《いと》内親王をはじめ

桓武《かんむ》天皇の皇女が、このあたりに多く住んでいたという。宮というのは母宮かもしれない。「こともなき女ども」はこれと言って難のない、つまりまずまずきれいな、宮家に仕えていた女たち。

「いみじの好き者」は「たいそうな風流男」という意味。稲刈りなど鄙《ひな》びた農民の仕事を、実際は使用人にさせるにしても、都人《みやこびと》の男が指図するのはいかにも似合わないが、それを風流だと女たちは冷やかした。

女たちがやがややってきたので、昔男《むかしおとこ》が逃げるのも無理はない。女の歌は隠れた男をからかったのだが、「荒れにけり」に「あれ、逃げり（=あれ、逃げた）」をかけるという説もある。

「うれたし」は「うらいたし（=心が痛い）」、相手の仕打ちが辛くいまいましい。「かりにも」は「仮にも（=ちょっとの間でも）」と「刈りにも」をかける。

「鬼」は災いをもたらすもの。男は不作法で厚かまし

い女たちを鬼にたとえてやりかえした。本書では、「鬼が近づく時には美しい女に姿を変えるので、女たちを、鬼の仮の姿だろうとからかった」ととる説に従った。この解釈だと、女たちも悪い気がせず、「心つきて（＝こまやかな配慮があって）色好みなる」男という形容がより生きるだろう。

宮家に仕えるといっても、郊外に住み慣れ都人の繊細さを失い、昔男を辟易《へきえき》させる押しの強い女たちと、実は稲刈りもする昔男のやりとりには、おおらかなユーモアが漂う。

◆なつかしき花橘《はなたちばな》は元《もと》の妻《つま》〈六〇段〉

むかし、こんな男《おとこ》がいましたっけ。宮廷勤《きゅうていづと》めが忙《いそが》しく、気持《きも》ちの上《うえ》でも余裕《よゆう》がなくて家庭《かてい》を預《あず》かる妻《つま》に誠実《せいじつ》な愛情《あいじょう》をかけなかった頃《ころ》、その妻《つま》が、「誠実《せいじつ》に愛《あい》しましょう」という人《ひと》について、遠《とお》い他国《たこく》へ去《さ》ってしまいました。その後《ご》この男《おとこ》が、宇佐八幡宮《うさはちまんぐう》へ勅使《ちょくし》として行《い》った折《おり》、かつての妻《つま》が、途中《とちゅう》のある国《くに》の、勅使接待係《ちょくしせったいがかり》の役人《やくにん》の妻《つま》になっていると聞《き》いて、「この家《いえ》の主婦《しゅふ》に杯《さかずき》を取《と》らせて酌《しゃく》をさせよ。そうでなければ酒《さけ》は飲《の》むまい」と言《い》ったので、――勅使《ちょくし》の命令《めいれい》に背《そむ》くわけにはいかないので――主婦《しゅふ》が杯《さかずき》を取《と》ってさし出《だ》したところ、男《おとこ》は酒《さけ》の肴《さかな》だった橘《たちばな》の実《み》を取《と》って、

五月《さつき》を待《ま》って咲《さ》く、花橘《はなたちばな》の香《かお》りをかぐと、むかし馴染《なじ》んだ人《ひと》の袖《そで》の香《かお》りがする（あなたの香《かお》りを思《おも》い出《だ》しますよ、あなたはお忘《わす》れかもしれませ

んが)。

と詠《よ》んだので、かつての夫《おっと》であることを思《おも》い出《だ》して、女《おんな》は恥《は》じ入《い》り、いたたまれず、尼《あま》になって山《やま》に入《はい》り籠《こも》って暮《く》らしたのでした。

❖むかし、男《をとこ》ありけり。宮仕《みやづか》へいそがしく、心《こころ》もまめならざりけるほどの家刀自《いへとうじ》、まめに思《おも》はむといふ人《ひと》につきて、人《ひと》の国《くに》へ去《い》にけり。この男《をとこ》、宇佐《うさ》の使《つかひ》にて行《い》きけるに、ある国《くに》の祇承《しぞう》の官人《くわんにん》の妻《め》にてなむあると聞《き》きて、「女《をんな》あるじにかはらけ取《と》らせよ。さらずは飲《の》まじ」と言《い》ひければ、かはらけとりて出《いだ》したりけるに、肴《さかな》なりける橘《たちばな》をとりて、

五月《さつき》待《ま》つ花橘《はなたちばな》の香《か》をかげばむかしの人《ひと》の袖《そで》の香《か》ぞする

と言《い》ひけるにぞ、思《おも》ひ出《い》でて、尼《あま》になりて山《やま》に入《い》りてぞありける。

＊「宇佐の使い」は、宇佐八幡宮に、国家の大事の時など朝廷から遣わされた使者。宇佐八幡宮の社格は伊勢神宮に次ぐ高いもので、今の大分県にある。京都から大分県までの道のりは遠く、旅中は地方の国ごとに「祇承《しぞう》の役人」が宿舎や食事等の接待をした。「かわらけ」は素焼《すや》きの杯。

仕事一途《いちず》で妻を顧みる余裕のない夫。夫が嫌いというわけではないが、寂しさのあまり、他の男の誠実さにすがって地方へ下る女。その後女はそれなりに幸せに暮らしたのだろうか。それとも、軽はずみなことをしたと後悔したのだろうか。勅使《ちょくし》となった男が、「女《おんな》あるじにかはらけ取らせよ」と命じる所には、自分を裏切った妻に対する底意地の悪い響きがなくもない。しかし、妻の顔を確かめたとたんに湧《わ》いてきたのは懐かしさだったのではないか。「五月待つ」の歌は、読み人知らずの古歌で、『古今和歌集』夏に載《の》る。花橘は蜜柑《みかん》の原種で、初夏に薫り高い白い花を咲かせる。当時人々は懐かしい気持ちがすると、この歌をふと口ずさんだ。男もそんな気持ちだったのではないだろうか。しかし、女の方は、突然のことで動転もし、酌をしろという男の真意もはかりかね、心の整理がつかず家を飛び出してしまったのだろう。現代の私たちは妻の気持ちに共感できるが、当時は、軽はずみな女が結局尼になったという評価であったろう。

◆筑紫《つくし》まで好《す》き者《もの》の噂届《うわさとど》くとは〈六一段〉

むかし、男《おとこ》が筑紫《つくし》（＝九州《きゅうしゅう》）まで行《い》った時《とき》に、「ああ、この人《ひと》が色好《いろごの》みと評《ひょう》判《ばん》の、風流男《ふうりゅうおとこ》さんよ」と、簾《すだれ》の内《うち》にいる女人《にょにん》が言《い》ったのを聞《き》いて男《おとこ》が詠《よ》んだ歌《うた》、

この近《ちか》くを流《なが》れる染河《そめがわ》をいつも渡《わた》っているあなたが、いったいどうして、色《いろ》に染《そ》まらないということがありましょうか（あなただって色《いろ》に染《そ》まって色好《いろごの》みなはずですよ）。

女《おんな》の返歌《へんか》、

筑紫《つくし》には「たわれ島《じま》」という島《しま》がありますが、その名《な》の通《とお》りならきっと浮気《うわき》なはずですけれど、実際《じっさい》は浪《なみ》に濡《ぬ》れているだけ、濡《ぬ》れ衣《ぎぬ》を着《き》せ

られているのです（私《わたし》が色好《いろごの》みだなんて、それは濡《ぬ》れ衣《ぎぬ》というものです）。

❖むかし、男《をとこ》、筑紫《つくし》まで行《ゆ》きたりけるに、「これは、色好《いろこの》むといふ好《す》き者《もの》」と、簾《すだれ》のうちなる人《ひと》の言《い》ひけるを聞《き》きて、

染河《そめかは》を渡《わた》らむ人《ひと》のいかでかは色《いろ》になるてふことのなからむ

女《をんな》、返《かへ》し、

名《な》にし負《お》はばあだにぞあるべきたはれ島浪《じまなみ》の濡《ぬ》れ衣着《ぎぬき》るといふなり

✻「筑紫」は今の福岡県で、筑前《ちくぜん》と筑後《ちくご》を合わせていう。広くは九州全体を呼ぶ。筑前に大宰府《だざいふ》という官庁が設けられ、九州を治め、貿易、外交の中心となった。文化水準も高く、都との往来も盛んだった。

「染河」は大宰府付近を流れる川。「色になる」は「色に染まる」と「色好みになる」をかける。

「あだ」は誠意がなくて浮気なこと。「たはれ島」は熊本県の緑川河口近くにある。「たはれ(=戯れ)」は色恋に溺《おぼ》れるという意味。

筑紫の地名を生かした歌のやりとり。男の歌を、「誰でも染河を渡れば色に染まる。私も渡ったから色好みになったのだ」ととり、女の返歌を、「名前と本体は関係がない、あなたは染河を渡る前から、もともと色好みなんでしょう」ととる説もある。

都から遠い筑紫まで、昔男の色好みの評判が立っているという。簾の中には何人かこの家の女性がいて、男をじっと見つめて興味津々《しんしん》というところだろうか。返歌も巧《たく》みで気が利いている。

◈逃《に》げた妻《つま》見《み》る影《かげ》もなくやつれ果《は》て〈六二段〉

むかし、長《なが》い間《あいだ》男《おとこ》の訪《おとず》れがなかった女《おんな》が、賢明《けんめい》でなかったからだろうか、あてにならない人《ひと》の言《い》うことを信《しん》じて地方《ちほう》に下《くだ》りました。そしてその、地方《ち》に住《す》んでいる人《ひと》の使用人《しようにん》となり、以前夫《いぜんおっと》だった男《おとこ》の前《まえ》に出《で》てきて、食事《しょくじ》の給仕《きゅうじ》などをしたのでした。夜《よる》になって、男《おとこ》が「さっきの女《おんな》をよこしてくれ」とこの家《いえ》の主人《しゅじん》に言《い》ったところ、女《おんな》をよこしたのでした。男《おとこ》は、「この私《わたし》を知《し》らないのか」と言って、

むかしの、匂《にお》い立《た》つような美《うつく》しさはいったいどこへ行《い》ったのだ、桜《さくら》花《ばな》よ、おまえはまるで、花《はな》をしごき落《お》とした醜《みにく》い幹《みき》のように、みすぼらしい姿《すがた》となり果《は》ててしまったなあ。

と詠《よ》むのを、女《おんな》はとても恥《は》ずかしいと思《おも》って、返事《へんじ》もしないで座《すわ》っていた

が、「なぜ、返事《へんじ》もしないのか」と言《い》うと、「涙《なみだ》がこぼれて、目《め》も見《み》えず、ものも言《い》われません」と言《い》うのです。

これがまあ、この私《わたし》に連《つ》れ添《そ》うのを逃《のが》れ逃《のが》れたあの女《おんな》なのか、何年《なんねん》も経《た》ったけれども、以前《いぜん》よりよくなったようすもないなあ。

と言《い》って、着物《きもの》を脱《ぬ》いで取《と》らせたけれど、女《おんな》は捨《す》てて逃《に》げてしまったのでした。どこへ行《い》ってしまったか、その行方《ゆくえ》はわかりません。

❖むかし、年《とし》ごろ訪《おとづ》れざりける女《をんな》、心《こころ》かしこくやあらざりけむ、はかなき人《ひと》の言《こと》につきて、人《ひと》の国《くに》なりける人《ひと》に使《つか》はれて、もと見《み》し人《ひと》の前《まへ》に出《い》で来《き》て、もの食《く》はせなどしけり。夜《よ》さり、「このありつる人《ひと》たまへ」と、あるじに言《い》ひければ、おこせたりけり。男《をとこ》、「われをば知《し》らずや」とて、

いにしへのにほひはいづら桜花《さくらばな》こけるからともなりにけるかな

と言《い》ふを、いと恥《は》づかしと思《おも》ひて、いらへもせでゐたるを、「などいらへもせぬ」と言《い》へば、「涙《なみだ》のこぼるるに、目《め》も見《み》えず、ものも言《い》はれず」と言《い》ふ。

これやこのわれにあふみをのがれつつ年月経《としつきふ》れどまさりがほなき

と言《い》ひて、衣《きぬ》ぬぎて取《と》らせけれど、捨《す》てて逃《に》げにけり。いづち去《い》ぬらむとも知《し》らず。

✻古語の「にほひ（匂い）」は、嗅覚的《きゆうかく》というよりは、視覚的なつややかな美しさをいう。「桜の美しさ」と「女の容色」をかける。「こけるから」は、「こく」が「むしりしごいて落とす」、「から（=幹）」が乾いて死んだ茎。この意味と、「痩《や》せこけた身体」をかける。

「あふみ」は「近江《おうみ》（=今の滋賀県）」と「逢ふ身（=妻として逢う身）」をかける。女は近江に住んでいたのかもしれない。「まさりがほ（=勝り顔）」は、生活や愛情が豊かになり、より美しくなった容色という意味。

夜になって男が主人に女を呼ばせたのは、「夜伽《よとぎ》をさせよ」という意味で、着物はそのねぎらいに与えたものと考えられる。

この段は六〇段「なつかしき花橘は元の妻」と似通った内容だが、六〇段は状況説明もきちんとしている上、男の言い方ももの柔らかで女の哀れさが余韻に残る。それに比べてこの段は、女の浅はかさを前面に出し、男には、あからさまに女を踏みにじる残酷さが感じられる。

『今昔物語集』巻三〇に、おそらくこの段のもととなった哀切な物語がある。『伊勢物語』はこれを乱暴に削って作りかえてしまったようで、後味が悪い。

また、堀辰雄も、『今昔物語集』をもとに小説『曠野《あらの》』を書いた。男女の心の襞《ひだ》を繊細に描き、より哀切な物語となっている。

★もとになった『今昔物語集』

京に住む女が、父母に先立たれ零落《れいらく》したので、女の方から望んで夫と離別した。女のあまりの貧しさを見かねた尼の仲立ちで、女は近江の男に連れられて行く。しかし、近江の妻がひどく嫉妬《しっと》したので、男の親の使用人となる。新任の国司《こくし》の饗応《きょうおう》に女を差し出したところ、国司は不思議に懐かしい思いがして、夜ごとに女を召し出した。国司は女に素性《すじょう》を聞き、昔の妻であることを知る。その時、琵琶《びわ》湖《こ》の波音が聞こえた。女が怖がるので、男は、

「これぞこの　つひにあふみを　厭《いと》ひつつ　世には経《ふ》れども　生ける甲斐《かい》なし
(これは、近江の湖の波音です。私たちもついには逢う身でありながら、それを避けて過ごしてきたが、それでは生きる甲斐もありません)」

と詠んで、自分が夫であることを打ち明ける。女は恥ずかしさのあまり、ものも言わず、どんどん身体が冷えに冷えてすくんでいった。「どうしたのだ」と騒ぐうちに、女は息絶えてしまった。

『今昔物語集』の語り手は、「女はかわいそうだった。男の考えが足りなかったのだ、夫だと明かさず面倒を見てやればよかったのに」と結ぶ。

◆九十九髪昔男《つくもがみむかしおとこ》もほだされて〈六三段〉

むかし、好色《こうしょく》な気持《きも》ちを持《も》つ女《おんな》が、なんとかして情愛《じょうあい》の深《ふか》い男《おとこ》に逢《あ》いたいものだなあと思《おも》うが、言《い》い出《だ》そうにもきっかけがないので、作《つく》り話《ばなし》の夢《ゆめ》の物語《ものがたり》をします。息子三人《むすこさんにん》を呼《よ》んで語《かた》ったのでした。長男《ちょうなん》・次男二人《じなんふたり》の息子《むすこ》は、すげない返事《へんじ》をして終《お》わりでした。三男《さんなん》だった子《こ》だけが、「よい男《おとこ》の方《かた》がきっと現《あらわ》れるでしょう」と夢判断《ゆめはんだん》すると、この女《おんな》は上機嫌《じょうきげん》です。三《さん》男《なん》は、他《ほか》の男《おとこ》では情《じょう》がない、どうにかして、情《じょう》が深《ふか》いと評判《ひょうばん》の在五中将《ざいごちゅうじょう》（業平《なりひら》）に逢《あ》わせたいものだなあ、と思《おも》う気持《きも》ちがあるのです。すると、たまたま、在五中将《ざいごちゅうじょう》が狩《かり》をしてあちこちまわっていたのに行《ゆ》き会《あ》ったので、道《みち》でその馬《うま》の手綱《たづな》を取《と》って、「母《はは》をあなたに逢《あ》わせたいと、思《おも》うのです」と言《い》ったところ、男《おとこ》はしみじみとあわれがって、女《おんな》の家《いえ》に来《き》て共寝《ともね》をしたのでした。その後《ご》、男《おとこ》は来《こ》なかったので、女《おんな》は男《おとこ》の家《いえ》へ行《い》ってのぞいてい

たのを、男《おとこ》はちらりと見《み》て、

百年《ひゃくねん》に一年《いちねん》たりない九十九髪《つくもがみ》
の老女《ろうじょ》が、私《わたし》を恋《こい》しく思《おも》って
いるらしい、ぼさぼさした白《しら》
髪頭《があたま》の幻《まぼろし》が見《み》える。

と言《い》って、出《で》かけるようすを見《み》て、女《おんな》は、茨《いばら》や枸橘《からたち》のとげに引《ひ》っかかりながら急《いそ》いで家《いえ》に帰《かえ》り、横《よこ》になっています。男《おとこ》は、先程《さきほど》女《おんな》がしたように、こっそり立《た》ってのぞいて見《み》ると、女《おんな》は嘆《なげ》いて、寝《ね》ようとして、

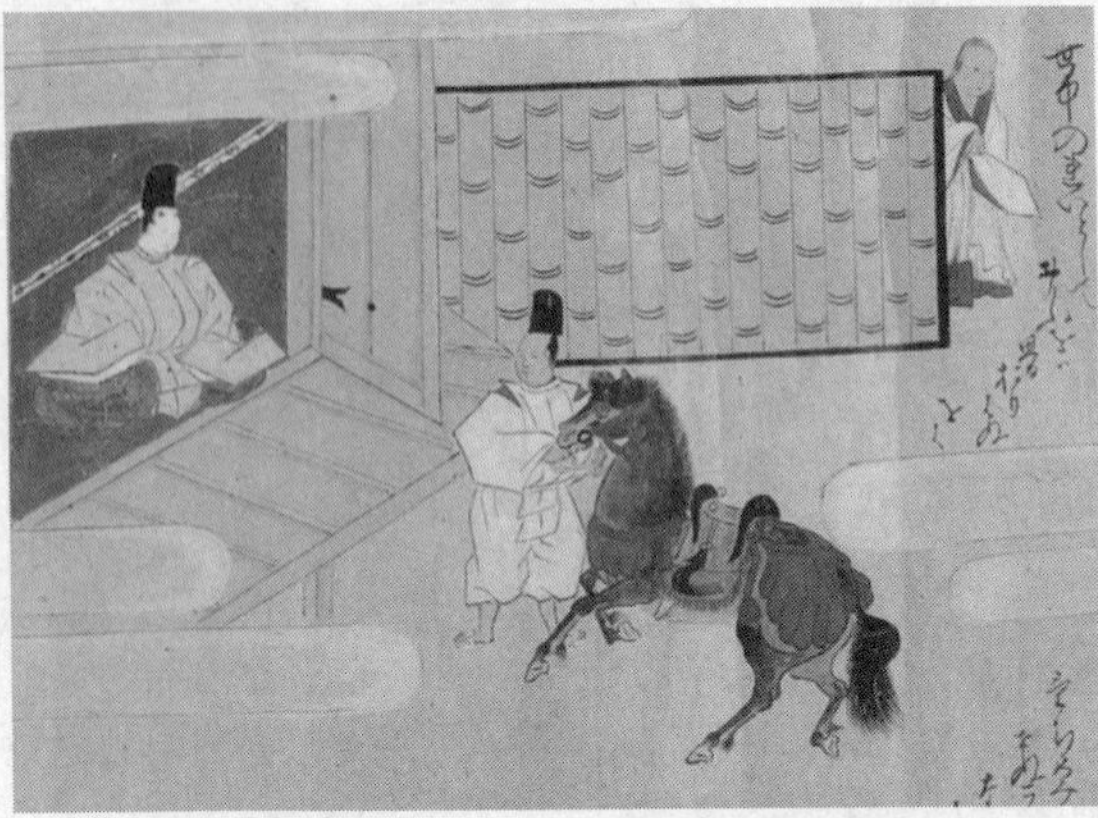

男を垣間見《かいまみ》る老女（右上）（小野家本伊勢物語絵巻）

敷物《しきもの》に衣《ころも》の片袖《かたそで》を敷《し》いて、今晩《こんばん》もまた、恋《こい》しい人《ひと》に逢《あ》わないで独《ひと》り寝《ね》るのでしょうか。

と詠《よ》んだのを聞《き》いて、男《おとこ》は不憫《ふびん》に思《おも》って、その夜《よ》は共寝《ともね》したのでした。男《だん》女《じょ》の仲《なか》の例《れい》として、好《す》きな人《ひと》を思《おも》い、好《す》きでない人《ひと》は思《おも》わないものなのに、この在五中将《ざいごちゅうじょう》は、好《す》きな人《ひと》に対《たい》しても、好《す》きでない人《ひと》に対《たい》しても、区《く》別《べつ》を見《み》せない心《こころ》があったのでした。

❖むかし、世心《よごころ》つける女《をんな》、いかで心情《こころなさけ》あらむ男《をとこ》にあひ得《え》てしがなと思《おも》へど、言《い》ひいでむも頼《たよ》りなさに、まことならぬ夢語《ゆめがた》りをす。子三人《こみたり》を呼《よ》びて、語《かた》りけり。ふたりの子《こ》は、情《なさけ》なくいらへてやみぬ。三郎《さぶらう》なりける子《こ》なむ、「よき御男《おんをとこ》ぞいで来《こ》む」とあはするに、この女《をんな》、けしきいとよし。異人《ことひと》はいと情《なさけ》なし、いかでこの在五中将《ざいごちゆうじやう》に逢《あ》はせてしがなと思《おも》ふ心《こころ》あり。狩《かり》し歩《あり》きけるに行《い》き会《あ》ひて、道《みち》にて馬《うま》の口《くち》をとりて、

「かうかうなむ思《おも》ふ」と言《い》ひければ、あはれがりて、来《き》て寝《ね》にけり。さてのち、男《をとこ》見《み》えざりければ、女《をんな》、男《をとこ》の家《いへ》に行《い》きてかいま見《み》けるを、男《をとこ》、ほのかに見《み》て、

百年《ももとせ》に一年《ひととせ》たらぬつくも髪《がみ》われを恋《こ》ふらしおもかげに見《み》ゆ

とて、出《い》で立《た》つけしきを見《み》て、茨《むばら》、枸橘《からたち》にかかりて、家《いへ》に来《き》てうちふせり。男《をとこ》、かの女《をんな》のせしやうに、忍《しの》びて立《た》てりて見《み》れば、女《をんな》、歎《なげ》きて、寝《ぬ》とて、

さむしろに衣《ころも》かたしき今宵《こよひ》もや恋《こひ》しき人《ひと》にあはでのみ寝《ね》む

と詠《よ》みけるを、男《をとこ》、あはれと思《おも》ひて、その夜《よ》は寝《ね》にけり。世《よ》の中《なか》の例《れい》として、思《おも》ふをば思《おも》ひ、思《おも》はぬをば思《おも》はぬものを、この人《ひと》は、思《おも》ふをも、思《おも》はぬをも、けぢめ見《み》せぬ心《こころ》なむありける。

✲業平《なりひら》は「在五中将《ざいごちゆうじよう》」と呼ばれた。在原氏で、阿保《あぼ》親王の五男で、右近衛権中将《うこんえのごんのちゆうじよう》だったことから。そのために、『伊勢物語』は『在五《ざいご》が物語』とも呼ばれた。この段で

初めて、はっきり業平を示す、在五中将という名が出る。
「九十九髪《つくもがみ》」の意味については諸説ある。「百」という漢字の第一画を取ると、「白」になることから「白髪」とする、「つく藻」という海藻に白髪が似ているとする、など。

白髪の老女といっても、三十代後半から、四十歳そこそこの年齢だろう。現代ならまだまだこれから、という年だが、当時はもう色恋の対象にはならなかった。立派な息子三人を相手に夢物語をし、稀代《きだい》の色男業平に夢中になって、のぞき見はするわ、あわてて茨《いばら》や枸橘《からたち》に引っかかるわ……。滑稽《こっけい》でもあり哀れでもあり、これもまた少々後味の悪い段である。

さらに最後の一文は「色好み業平像」を無理に定義付けているようで、いかにも下世話《げせわ》な感じがする。

◆狩《かり》の使《つかい》——狩《かり》の使《つかい》恋《こい》する女《ひと》は斎宮《いつきのみや》〈六九段—一〉

むかし、こんな男《おとこ》がいましたっけ。その男《おとこ》が、伊勢《いせ》の国《くに》(=今《いま》の三重県《みえけん》)に朝廷《ちょうてい》の狩《かり》の使《つかい》として行《い》った時《とき》、その伊勢《いせ》の斎宮《さいぐう》であった人《ひと》の親《おや》が「いつもの勅使《ちょくし》よりも、この人《ひと》を特別《とくべつ》にこまやかにお世話《せわ》しなさい」と言《い》ってきたので——親《おや》のことばだったので——、斎宮《さいぐう》はたいそう心《こころ》こまやかにお世《せ》話《わ》したのでした。朝《あさ》は支度《したく》をして狩《かり》に送《おく》り出《だ》してやり、夕方《ゆうがた》は帰《かえ》る途中《とちゅう》自分《じぶん》の御殿《ごてん》に来《こ》させませした。こうして、心《こころ》をこめて行《ゆ》き届《とど》いたお世話《せわ》をしたのでした。二日目《ふつかめ》の夜《よる》、男《おとこ》が「どうしてもお逢《あ》いしたい」と言《い》います。女《おんな》もまた、どうしても逢《あ》うまいと思《おも》ってはいません。けれども、人目《ひとめ》が多《おお》いので、逢《あ》うことができません。男《おとこ》は勅使《ちょくし》の中《なか》でも正使《せいし》である人《ひと》なので、遠《とお》い所《ところ》にも泊《と》めず、女《おんな》の寝所《しんじょ》に近《ちか》かったので、女《おんな》は人々《ひとびと》が寝静《ねしず》まってから、子一《ねひと》つ(=今《いま》の午後十一時《ごごじゅういちじ》)の頃《ころ》、男《おとこ》の部屋《へや》にしのんで来《き》たのでした。男《おとこ》もまた、眠《ねむ》れなかったので、外《そと》の方《ほう》を見《み》やって横《よこ》になっていると、月《つき》のおぼろな光《ひかり》の中《なか》に、小《ちい》さな女童《めのわらわ》を先《さき》に立《た》てて、女人《にょにん》が立《た》っています。男《おとこ》はたいそう嬉《うれ》しくて、自分《じぶん》の寝所《しんじょ》に連《つ》れて入《はい》り、子《ね》一《ひと》つから丑《うし》三《み》つ（＝午後《ごご》十一《じゅういち》時《じ》から午前《ごぜん》二《に》時《じ》頃《ごろ》）まで一緒《いっしょ》にいましたが、まだ満足《まんぞく》に語《かた》り合《あ》わないうちに女《おんな》は帰《かえ》ってしまいました。男《おとこ》はとても悲《かな》しくて、眠《ねむ》らないまま朝《あさ》になってしまいました。

男の寝所にしのんで来た斎宮（鉄心斎文庫丙本伊勢物語絵巻六九段）

❖むかし、男《をとこ》ありけり。その男《をとこ》、伊勢《いせ》の国《くに》に狩《かり》の使《つかひ》に行《い》きけるに、かの伊勢《いせ》の斎宮《さいぐう》なりける人《ひと》の親《おや》、「常《つね》の使《つかひ》よりは、この人《ひと》よくいたはれ」と言《い》ひやれりければ、親《おや》の言《こと》なりければ、いとねむごろにいたはりけり。朝《あした》には狩《かり》にいだしたててやり、夕《ゆふ》さりは帰《かへ》りつつ、そこに来《こ》させけり。かくて、ねむごろにいたつきけり。二日《ふつか》といふ夜《よ》、男《をとこ》、「われて、逢《あ》はむ」と言《い》ふ。女《をんな》もはた、いと逢《あ》はじとも思《おも》へらず。されど、人目《ひとめ》しげければ、え逢《あ》はず。使《つかひ》ざねとある人《ひと》なれば、遠《とほ》くも宿《やど》さず、女《をんな》のねや近《ちか》くありければ、女《をんな》、人《ひと》をしづめて、子《ね》一《ひと》つばかりに、男《をとこ》のもとに来《き》たりけり。男《をとこ》はた、寝《ね》られざりければ、外《と》の方《かた》を見《み》いだしてふせるに、月《つき》のおぼろなるに、小《ちひ》さき童《わらは》をさきに立《た》てて、人《ひと》立《た》てり。男《をとこ》、いと嬉《うれ》しくて、わが寝《ぬ》る所《ところ》に率《ゐ》て入《い》りて、子《ね》一《ひと》つより丑《うし》三《み》つまであるに、まだなにごとも語《かた》らはぬに帰《かへ》りにけり。男《をとこ》、いと悲《かな》しくて、寝《ね》ずなりにけり。

✲「狩《かり》の使《つかい》」は、平安時代初期、諸国に派遣された勅使《ちょくし》。鷹狩《たかがり》をし獲物を朝廷に届け、また、地方の査察もした。

「斎宮」は伊勢神宮に仕える未婚の皇女。天皇の即位ごとに選定され赴任した。斎宮は神域の身分で多くの人が守り仕え、在任中の恋は禁じられていた。斎宮に関しては斎宮寮という役所がとりしきった。

当時の時間は十二支で数えた。子の時は午後十一時から午前一時。丑の時は午前一時から午前三時。それを四等分して、三十分ずつを一つ二つ三つと数えた。ちなみに魔物が出るという丑三つは午前二時。(二二五ページ　時刻図と方位図参照)

真夜中、小さな女の子に導かれ、朧月《おぼろづき》の光をまとい、忽然《こつぜん》と現れた斎宮は、さながら天女が舞い降りたかのようである。夢中でかき抱くが、睦言《むつごと》を交わす間もなく消え去ってしまった。もしや夢か幻か、男は一睡もせず夜を明かしてしまう。

◆狩《かり》の使《つかい》——斎宮《さいぐう》は忍《しの》び行《ゆ》けども夢《ゆめ》うつつ〈六九段—二〉

翌朝早《よくあさはや》く、男《おとこ》は女《おんな》が気《き》がかりではあったが、自分《じぶん》の方《ほう》から使《つか》いをやるわけにはいかないので、手紙《てがみ》を今《いま》か今《いま》かと待《ま》っていると、すっかり夜《よ》が明《あ》けてしばらくたって、女《おんな》のもとから、手紙《てがみ》の言葉《ことば》はなくて歌《うた》だけが、

あなたがいらしたのか、私《わたし》が行《い》ったのだろうか、覚《おぼ》えておりません。昨夜《さくや》のことは夢《ゆめ》なのか現実《げんじつ》なのか、眠《ねむ》っていたのか醒《さ》めていたのか。

男《おとこ》はたいそう泣《な》いて詠《よ》んだ。

あたり一面真《いちめんま》っ暗《くら》な心《こころ》の闇《やみ》の中《なか》で迷《まよ》ってしまいました（理性《りせい》も分別《ふんべつ》もなくしてしまいました）。昨夜《さくや》のことが夢《ゆめ》なのか現実《げんじつ》なのかは、今夜《こんや》もう一度逢《いちどあ》ってはっきりさせてください。

と詠《よ》んで送《おく》って、狩《かり》に出《で》かけました。野《の》をあちこち歩《ある》くけれど、心《こころ》ここにあらずで、せめて今宵《こよい》だけでも人々《ひとびと》を寝《ね》静《しず》まらせて、早《はや》く逢《あ》おうと思《おも》うのにその夜《よる》、伊勢《いせ》の国守《こくしゅ》で、斎宮寮《さいぐうりょう》の長官《ちょうかん》を兼《か》ねている人《ひと》が、狩《かり》の使《つかい》が来《き》ていると聞《き》いて一晩中《ひとばんじゅう》酒宴《しゅえん》をしたので、もう逢《あ》うこともできず、夜《よ》が明《あ》けると尾張《おわり》の国《くに》(=今《いま》の愛知県《あいちけん》)へ出立《しゅったつ》する予定《よてい》なので、男《おとこ》も人知《ひとし》れず血《ち》の涙《なみだ》を流《なが》すけれど、逢《あ》うことはできません。

❖つとめて、いぶかしけれど、わが人《ひと》をやるべきにしあらねば、いと心《こころ》もとなくて待《ま》ちをれば、明《あ》けはなれてしばしあるに、女《をんな》のもとより、詞《ことば》はなくて、

君《きみ》や来《こ》しわれや行《ゆ》きけむ思《おも》ほえず夢《ゆめ》かうつつか寝《ね》てか醒《さ》めてか

男《をとこ》、いといたう泣《な》きて詠《よ》める、

かきくらす心《こころ》の闇《やみ》に迷《まど》ひにき夢《ゆめ》うつつとは今宵《こよひ》定《さだ》めよ

と詠《よ》みてやりて、狩《かり》にいでぬ。野《の》にありけど、心《こころ》はそらにて、今宵《こよひ》だに人《ひと》しづめて、いととく逢《あ》はむと思《おも》ふに、国《くに》の守《かみ》、斎《いつき》の宮《みや》の頭《かみ》かけたる、狩《かり》の使《つかひ》ありと聞《き》きて、夜《よ》一夜《ひとよ》酒《さけ》飲《の》みしければ、もはら逢《あ》ひごともえせで、明《あ》けば尾張《をはり》の国《くに》へ立《た》ちなむとすれば、男《をとこ》も人知《ひとし》れず血《ち》の涙《なみだ》を流《なが》せど、え逢《あ》はず。

✻そもそも斎宮《さいぐう》に近づくのは、重い禁忌《きんき》に触れる。神と朝廷を冒瀆《ぼうとく》する、あってはならないことである。男はまわりに気

付かれないように、もどかしい思いで連絡を待っている。ようやく来た手紙には歌が一首。斎宮も、夢うつつの出来事であったことが知れる。狩に出ても思うのは斎宮のことばかり。明日は出立の日。せめて今夜だけでも何とかゆっくり逢いたいと思うが、伊勢守の接待が夜通し続き、時間は刻々と経っていく。

この贈答歌は『古今和歌集』恋三に次のように載る。

業平朝臣《なりひらあそん》の伊《い》勢国《せのくに》にまかりたりける時、斎宮なりける人に、いとみそかに（＝こっそりと）逢ひて、またの朝《あした》に、人やるすべなくて、思ひをりける間に、女のもとよりおこせたりける　　読み人知らず

君や来《こ》し　我や行きけむ　おもほえず　夢かうつつか　寝てかさめてか

返し　　業平朝臣

かきくらす　心の闇に　まどひにき　夢うつつとは　世人さだめよ

◆狩《かり》の使《つかい》——逢坂《おうさか》の関越《せきこ》えられぬ浅《あさ》き縁《えん》〈六九段—三〉

　夜《よる》がだんだんと明《あ》けようとする頃《ころ》、女《おんな》の側《がわ》から出《だ》すお別《わか》れの杯《さかずき》の台皿《だいざら》に、歌《うた》を書《か》いてさし出《だ》しました。手《て》にとって見《み》ると、

　徒歩《とほ》の人《ひと》が渡《わた》っても濡《ぬ》れない浅《あさ》い入《い》り江《え》ですから、私《わたし》たちのご縁《えん》もほんとうに浅《あさ》いので……（しかたのないことです、あきらめましょう）、

と歌《うた》の上《かみ》の句《く》だけ書《か》いてあって、下《しも》の句《く》はありません。男《おとこ》はその杯《さかずき》の台皿《だいざら》に、松明《たいまつ》の燃《も》え残《のこ》りの炭《すみ》で、下《しも》の句《く》を書《か》き足《た》します。

　私《わたし》はまた逢坂《おうさか》の関《せき》を越《こ》えて参《まい》りましょう。そしてきっとまたお逢《あ》いしましょう。

と詠《よ》んで、夜《よ》が明《あ》けると尾張《おわり》の国《くに》へ国境《こっきょう》を越《こ》えて行《い》ったのでした。

斎宮《さいぐう》は、水尾《みずのお》の帝《みかど》（清和天皇《せいわてんのう》）の御代《みよ》の斎宮《さいぐう》で、文徳天皇《もんとくてんのう》の皇女《こうじょ》、惟喬《これたか》親王《しんのう》の妹君《いもうとぎみ》です。

❖夜《よ》やうやう明《あ》けなむとするほどに、女方《をむながた》より出《いだ》す杯《さかづき》の皿《さら》に、歌《うた》を書《か》きて出《いだ》したり。取《と》りて見《み》れば、

かち人《びと》の渡《わた》れど濡《ぬ》れぬえにしあれば

と書《か》きて、末《すゑ》はなし。その杯《さかづき》の皿《さら》に、続松《ついまつ》の炭《すみ》して、歌《うた》の末《すゑ》を書《か》きつぐ。

また逢坂《あふさか》の関《せき》は越《こ》えなむ

とて、明《あ》くれば尾張《をはり》の国《くに》へ越《こ》えにけり。

斎宮《さいぐう》は、水《みづ》の尾《を》の御時《おんとき》、文徳天皇《もんとくてんわう》の御《おん》むすめ、惟喬《これたか》の親王《みこ》の妹《いもうと》。

✻「かち人」は「徒歩で行く人」という意味。「えにし」は「江にし（＝入り江で）」と「縁」をかける。浅い入り江であるから濡れない、つまり、それだけの浅いご縁であったから深い契りを交わすことができない、という意味にとる。斎宮《さいぐう》が、下《しも》の句を書かずにおいたのは、あきらめつつも、男がどのような気持ちでいるか確かめずにはいられなかったのだろう。

本書では、恋する魂が身体から抜け出て、夢かうつつか、月光のもと相寄ったと解釈した。しかし、注釈書による解釈はさまざまである。時代時代の読者たちも、昔《むかし》男《おとこ》と斎宮の恋をめぐっていろいろ想像をめぐらしただろう。最後の一行は後人の注と考えられ、斎宮が恬子《てんし》内親王だと明記している（二四四ページ系図参照）。さらに業平《なりひら》の子高階師尚《たかしなのもろひさ》を、この一夜の契りで斎宮がみごもった子だとする伝えもある。

この後、斎宮にかかわる段が数段続く。『伊勢物語』の中で、女の名前が明記されているのは、二条の后高子《きさきたかいこ》とこの伊勢の斎宮恬子だけである。この二人は后と斎宮という、恋をしてはならない立場の女性である。恋をすればすなわち身の破滅を招く。ここに、主題「二条の后物語」に続く第二の主題「伊勢の斎宮物語」が現れたのである。この二つの物語は、いかに昔男が焦がれても実らない「禁断の恋」という点では一致しているが、その輝きは異なっている。

「二条の后物語」の女は、幼いほど若く、男の熱情のまま盗み出されてしまう。そして、あっけなく鬼に食べられて――奪い返されて――しまう。女の魅力は、白露を見て「あれは、なあに」ときいた、あどけない一言に凝縮される。運命のままに流される受け身の女である。女を盗み出した罰を受けて、昔男は東国を彷徨《さまよ》う。

それにひきかえ、「伊勢の斎宮物語」の女は、みずから、女童《めのわらわ》を連れて堂々と男の寝所にしのんでいく。しかし、どんなに激しい情熱の中にあっても、自分と男の立場を忘れることはない。むしろ男をリードするしなやかな強さが魅力である。

二条の后高子が権勢を誇る藤原氏の娘であり、伊勢の斎宮恬子が、政権争いに敗れた惟喬親王の妹であることも対照的である。この後、この二つの主題はさまざまな変奏を生み出しながら、少しずつ昔男の老いと死を予感させていく。

★『狩使本《かりのつかい》』

古典は原本が書写される過程で、構成が変わってしまうことがある。後人が故意に編集したり、錯簡が生じたりするからである。『伊勢物語』の場合は、現存しているテキストはすべて初冠《ういこうぶり》の段から始まり、これを「初冠本」系統という。しかし、この六九段を冒頭に置く「狩使本」があったという伝承があり、書名もそれに由来するという説がある。

また、現存するテキストの中で最も信頼できるのは、「天福本《てんぷくぼん》」(藤原定家自筆本を三条西実隆が正確に写した学習院大学蔵本)である。本書はこの本文に従った。

◆斎垣《いがき》など越《こ》えて行《ゆ》くのが恋《こい》の路《みち》〈七一段〉

むかし、男《おとこ》が、伊勢《いせ》の斎宮《さいぐう》に、宮廷《きゅうてい》の使者《ししゃ》として参《まい》ったところ、その御《ご》殿《てん》で、色好《いろごの》みな話《はなし》をした女《おんな》が、斎宮《さいぐう》の女房《にょうぼう》としてではなく、自分自身《じぶんじしん》の歌《うた》として、

畏《おそ》れ多《おお》くも神聖《しんせい》な神《かみ》の斎垣《いがき》も越《こ》えてしまいそうです。宮廷《きゅうてい》に仕《つか》えているあなたにお逢《あ》いしたくて（禁制《きんせい》を犯《おか》してしまいそうです）。

男《おとこ》の返歌《へんか》、

もし私《わたし》が恋《こい》しいのならば、どうぞ斎垣《いがき》を越《こ》えて来《き》てごらんなさい。恋《こい》の道《みち》は神聖《しんせい》な神《かみ》であっても、禁《きん》ずるものではないのだから。

❖むかし、男《をとこ》、伊勢《いせ》の斎宮《さいぐう》に、内裏《うち》の御使《おんつかひ》にて参《まゐ》れりければ、かの宮《みや》に、好《す》きごと言《い》ひける女《をんな》、わたくしごとにて、

ちはやぶる神《かみ》のいがきも越《こ》えぬべし大宮人《おほみやびと》の見《み》まくほしさに

男《をとこ》、

恋《こひ》しくは来《き》ても見《み》よかしちはやぶる神《かみ》のいさむる道《みち》ならなくに

✻「神の斎垣《いがき》」は神社の周囲の垣根。神域と俗世を分ける。「ちはやぶる」は「神」の枕詞《まくらことば》。

高貴な女性に逢うには、その侍女《じじょ》を味方につけて、手引きをしてもらう必要があった。時には当の姫君の知らないうちに話が進み、気がついたら寝所に男が入っていた、などということも。『源氏物語』には、そんな場面がいくつも書かれている。侍女は仲立ちのついでに、恋の余得にあずかることもあったらしい。

恋路は神も禁じないと言い切る、さすが昔男《むかしおとこ》、というところ。

◆世《よ》の中《なか》に絶《た》えて桜《さくら》のなかりせば〈八二段〉

むかし惟喬親王《これたかしんのう》と申《もう》し上《あ》げる親王《しんのう》がいらっしゃいました。山崎《やまざき》の向《む》こう、水無瀬《みなせ》というところに、離宮《りきゅう》がありました。親王《しんのう》は毎年《まいとし》の桜《さくら》の花盛《はなざか》りには、その離宮《りきゅう》へおいでになりました。その折《おり》には、右馬頭《みぎのうまのかみ》だった人《ひと》をいつも連《つ》れていらっしゃいました。――随分長《ずいぶんなが》い時《とき》が経《た》ったので、その人《ひと》の名《な》は忘《わす》れてしまいました――。一行《いっこう》は、鷹狩《たかがり》は熱心《ねっしん》にはしないで、酒《さけ》を飲《の》んではまた飲《の》んで、和歌《わか》を詠《よ》むことにばかり熱中《ねっちゅう》していました。今《いま》、鷹狩《たかがり》をしている交野《かたの》の「渚《なぎさ》の院《いん》」の桜《さくら》が、格別晴《かくべつは》れやかに美《うつく》しいのです。そこで一行《いっこう》はその桜《さくら》の木《き》のもとに馬《うま》から下《お》りて座《すわ》り、枝《えだ》を折《お》って冠《かんむり》に挿《さ》して、上《じょう》、中《ちゅう》、下《げ》、あらゆる身分《みぶん》の者《もの》がみな歌《うた》を詠《よ》みました。右馬頭《みぎのうまのかみ》だった人《ひと》が詠《よ》んだ歌《うた》は、世《よ》の中《なか》にまったく桜《さくら》というものがなかったならば、春《はる》の人《ひと》の心《こころ》はどんなにかのどかであろうなあ（でも、実際《じっさい》は、咲《さ》くのを待《ま》ち、散《ち》るのを惜《お》しみ、雨《あめ》や風《かぜ》に気《き》をもみ、心《こころ》が落《お》ち着《つ》くことがない）。

と、詠《よ》んだのでした。また、別《べつ》の人《ひと》の歌《うた》は、

散《ち》るからこそ、いっそう桜《さくら》はすばらしいのです。この憂《う》き世《よ》に何《なに》か久《ひさ》しくとどまるものがありましょうか（すべてのものは、はかなく滅《ほろ》びていく、桜《さくら》も散《ち》るからこそいいのです）。

と詠《よ》んで、その木《き》のもとを立《た》って離宮《りきゆう》へ帰《かえ》るうちに、日暮《ひぐ》れになりました（後略）。

❖むかし、惟喬《これたか》の親王《みこ》と申《まう》す親王《みこ》おはしましけり。山崎《やまざき》のあなたに、水無瀬《みなせ》といふ

所《ところ》に、宮《みや》ありけり。年《とし》ごとの桜《さくら》の花《はな》ざかりには、その宮《みや》へなむおはしましける。その時《とき》、右《みぎ》の馬《むま》の頭《かみ》なりける人《ひと》を、常《つね》に率《ゐ》ておはしましけり。時世経《ときよへ》て久《ひさ》しくなりにければ、その人《ひと》の名《な》忘《わす》れにけり。狩《かり》はねむごろにもせで、酒《さけ》を飲《の》み飲《の》みつつ、やまと歌《うた》にかかれりけり。今狩《いまかり》する交野《かたの》の渚《なぎさ》の家《いへ》、その院《ゐん》の桜《さくら》ことにおもしろし。その木《こ》のもとに降《お》りゐて、枝《えだ》を折《を》りて、かざしに挿《さ》して、上《かみ》、中《なか》、下《しも》、みな歌詠《うたよ》みけり。馬《むま》の頭《かみ》なりける人《ひと》の詠《よ》める、

世《よ》の中《なか》にたえて桜《さくら》のなかりせば春《はる》の心《こころ》はのどけからまし

となむ詠《よ》みたりける。また人《ひと》の歌《うた》、

散《ち》ればこそいとど桜《さくら》はめでたけれ憂《う》き世《よ》になにか久《ひさ》しかるべき

とて、その木《こ》のもとは立《た》ちて帰《かへ》るに、日暮《ひぐ》れになりぬ。

✻惟喬《これたか》親王は、母は紀有常《きのありつね》の妹（有常の娘が業平《なりひら》の妻）。文徳《もんとく》天皇の第一皇子である。

しかし、藤原良房女《よしふさのむすめ》腹《ばら》の第四皇子が九歳で清和天皇となり、さらに、清和天皇と二条の后高子との間に生まれた皇子が二歳で東宮《とうぐう》となった。惟喬親王は二十六歳で、皇位継承からはずれてしまう（二四四ページ系図参照）。その後親王は二十九歳で出家、小野の里に隠棲《いんせい》する。姻戚《いんせき》関係もあり、藤原氏に追いやられた者同士として、紀有常、業平と深く心を通わせていた。

この段はまだ出家前の親王と、業平、有常が、桜を愛《め》で、酒と和歌に熱中するようすを描く。右馬頭《みぎのうまのかみ》とは業平のことだが、語り手は、あえて名前を忘れたとぼかす。業平は親王より十九歳年上で、この頃は四十代半ばであろう。常に変わらず、不遇な親王をいたわり慰め、俗世を離れた和歌の世界へ誘った。「やまと歌」は和歌のこと。「からうた（＝漢詩）」に対していう。

「渚《なぎさ》の院」は淀《よど》川の水際《みぎわ》にあり、水無瀬《みなせ》は淀川の対岸に位置する。

業平の歌、「世の中にたえて桜のなかりせば……のどけからまし」はあえて実際とは逆の仮定をし、逆説的に桜を愛する気持ちを表現したもの。着想のおもしろさが際だっている。それに対して返歌は、世の無常と桜のはかなさをいうもので、ありきたりともいえる。

この後一行は、「天《あま》の河」という所に移り、また酒を飲む。「交野《かたの》で鷹狩をし、天の

河にたどり着いたという題で歌を詠め」という親王の意を受けて、業平は、

「狩り暮らし　たなばたつめに　宿からむ　天の河原に　我は来にけり（一日鷹狩をして暮らし、今夜は織女星《しょくじょせい》に宿を借りよう、天の河原というところに私は来たのだった）」と詠む。感嘆のあまり、業平の歌を口ずさむばかりで返歌ができない親王に代わり、有常が、

「一年《ひととせ》に　一度《ひとたび》来ます　君待てば　宿かす人も　あらじとぞ思ふ（織女星は、一年に一度だけ来る牽牛星《けんぎゅうせい》を待っているのだから、宿を貸してくれる人などありますまい）」と詠んだ。

一行は水無瀬の離宮に帰り、夜が更《ふ》けるまで酒を飲んだ。親王が酔って寝所へ入ろうとする時、業平が、親王を月に見立てて「こんなに早く月が山の端《は》に沈むなんて――おやすみになるなんて残念なことです――山の端の方で逃げてくれればよいのに」という歌を詠みかけると、有常が「山がみな平らになって山の端がなくなってほしい。それなら月も入るまい」と和した。

◆いたわしや雪踏《ゆきふ》み分《わ》けて小野《おの》の里《さと》〈八三段〉

むかし、水無瀬《みなせ》の離宮《りきゅう》によく行《ゆ》かれた惟喬親王《これたかしんのう》が、いつものように鷹狩《たかがり》にいらっしゃるお供《とも》に、右馬頭《みぎのうまのかみ》である老人《ろうじん》（業平《なりひら》）がお供《とも》しました。何日《なんにち》か経《た》って、親王《しんのう》は都《みやこ》の御殿《ごてん》へお帰《かえ》りになりました。御殿《ごてん》までお送《おく》りして早《はや》くおいとましようと思《おも》うが、親王《しんのう》はお酒《さけ》を下《くだ》さり、ご褒美《ほうび》も下《くだ》さろうといって帰《かえ》そうとしないのでした。この右馬頭《みぎのうまのかみ》は、帰宅《きたく》のお許《ゆる》しを待《ま》ち遠《どお》しく思《おも》って、

　今夜《こんや》は枕《まくら》として草《くさ》を引《ひ》き結《むす》ぶことはするまい。秋《あき》の夜長《よなが》をあてにできる季節《きせつ》でもないのだから（晩春《ばんしゅん》で、夜《よる》の短《みじか》い今夜《こんや》は、どうぞおひきとめ下《くだ》さいますな）。

と詠《よ》んだのでした。時《とき》は弥生《やよい》の末頃《すえごろ》（＝陰暦三月《いんれきさんがつ》、今《いま》の五月初《ごがつはじ》めの頃《ころ》）でした。

親王《しんのう》はおやすみにならずに夜《よ》を明《あ》かしてしまわれました。このようにしながら、親《した》しくお仕《つか》えしておりましたのに、思《おも》いもかけず、親王《しんのう》は出家《しゅっけ》してしまわれました。睦月《むつき》（=陰暦正月《いんれきしょうがつ》、今《いま》の二月頃《にがつごろ》）に、右馬頭《みぎのうまのかみ》がお目《め》にかかろうと小野《おの》にうかがったところ、比叡山《ひえいざん》の麓《ふもと》なので、雪《ゆき》がたいそう高《たか》くつもっています。雪《ゆき》を無理《むり》に踏《ふ》み分《わ》けて庵室《あんしつ》にうかがって、お顔《かお》を拝見《はいけん》すると、親王《しんのう》は所在《しょざい》なげにたいそうもの悲《かな》しげなようすでいらっしゃったので、少《すこ》し長《なが》くおそばにいて、むかしのことなど思《おも》い出《だ》してお話《はな》し申《もう》し上《あ》げました。こうやってお仕《つか》えしていたいものだなあと思《おも》うが、宮中《きゅうちゅう》の行事《ぎょうじ》などもあったので、お仕《つか》えしていることができなくて、夕暮《ゆうぐれ》に都《みやこ》に帰《かえ》るというので、

現実《げんじつ》を、ふと忘《わす》れては夢《ゆめ》かと思《おも》います、むかしこんなことを思《おも》ったでしょうか、雪《ゆき》を踏《ふ》み分《わ》けてお会《あ》いしようとは（思《おも》ってもみませんでした）。

と詠《よ》んで、泣《な》く泣《な》く帰《かえ》ってきたのでした。

❖むかし、水無瀬《みなせ》に通《かよ》ひ給《たま》ひし惟喬《これたか》の親王《みこ》、例《れい》の狩《かり》しにおはします供《とも》に、馬《むま》の頭《かみ》なる翁《おきなつか》仕うまつれり。日《ひ》ごろ経《へ》て、宮《みや》に帰《かへ》りたまうけり。御《おん》おくりして、とく去《い》なむと思《おも》ふに、大御酒《おほみき》たまひ、禄《ろく》たまはむとて、つかはさざりけり。この馬《むま》の頭《かみ》、心《こころ》もとながりて、

枕《まくら》とて草《くさ》ひき結《むす》ぶこともせじ秋《あき》の夜《よ》とだに頼《たの》まれなくに

と詠《よ》みける。時《とき》は弥生《やよひ》のつごもりなりけり。親王《みこ》、おほとのごもらで明《あ》かし給《たま》うてけり。かくしつつまうで仕《つか》うまつりけるを、思《おも》ひのほかに、御髪下《みぐしおろ》したまうてけり。睦月《むつき》に、拝《をが》み奉《たてまつ》らむとて、小野《をの》にまうでたるに、比叡《ひえ》の山《やま》の麓《ふもと》なれば、雪《ゆき》いと高《たか》し。しひて御室《みむろ》にまうでて拝《をが》み奉《たてまつ》るに、つれづれといとものがなしくておはしましければ、やや久《ひさ》しくさぶらひて、いにしへのことなど思《おも》ひ出《い》で聞《きこ》えけり。さてもさぶら

ひてしがなと思《おも》へど、公事《おほやけごと》どもありければ、えさぶらはで、夕暮《ゆふぐれ》に帰《かへ》るとて、

忘《わす》れては夢《ゆめ》かとぞ思《おも》ふ思《おも》ひきや雪踏《ゆきふ》みわけて君《きみ》を見《み》むとは

とてなむ、泣《な》く泣《な》く来《き》にける。

✲「馬頭《むまのかみ》なる翁《おきな》」は業平《なりひら》のこと。四十代で「翁（＝老人）」は気の毒であるが、当時は四十歳を初老とし、四十歳を迎えたことを祝って賀の祝いをした。業平が右馬頭だったのは、四十一歳から五十一歳まで。惟喬親王出家の年、業平は四十八歳。

「小野」は京都の大原あたりで、比叡山からの風が強く雪が多い所。

出家は俗世と縁を切ることであるから、正月も、行事となく訪れる人もない。出家後初めての新年を、親王は「つれづれと（＝することもなくやるせなく）いとものがなしく」過ごされていた。親王はこの後二十五年にわたって隠棲《いんせい》される。大原には、親王のお墓と伝えられる五輪塔がある。

◈千歳《ちとせ》にも生《い》きてくれよと母想《ははおも》い〈八四段〉

むかし、こんな男《おとこ》がいましたっけ。身分《みぶん》は低《ひく》いけれども、母親《ははおや》が内親王《ないしんのう》だったのでした。その母《はは》は長岡《ながおか》という所《ところ》に住《す》んでいらっしゃいました。息《む》子《こ》は都《みやこ》で宮中《きゆうちゆう》にお仕《つか》えしていたので、伺《うかが》おうとするけれど、たびたびは伺《うかが》うことができません。その上一人《うえひとり》っ子《こ》だったので、母宮《ははみや》はたいそういとしがっていらっしゃいました。ところが、師走頃《しわすごろ》(=陰暦十二月《いんれきじゆうにがつ》)に、「急《いそ》ぎのこと」といって、お手紙《てがみ》が届《とど》きます。驚《おどろ》いて見《み》ると、歌《うた》が書《か》いてあります。

老《お》いてしまうと避《さ》けられない別《わか》れ(=死別《しべつ》)があるというので、ますますお逢《あ》いしたいあなたです。

その息子《むすこ》が、たいそう泣《な》いて詠《よ》んだ歌《うた》、

世《よ》の中《なか》に避《さ》けられない別《わか》れがないといいのになあ、親《おや》が千年《せんねん》でも生《い》きて欲《ほ》しいと祈《いの》る人《ひと》の子《こ》のために。

❖むかし、男《をとこ》ありけり。身《み》はいやしながら、母《はは》なむ宮《みや》なりける。その母《はは》、長岡《ながをか》といふ所《ところ》に住《す》みたまひけり。子《こ》は京《きやう》に宮仕《みやづか》へしければ、詣《まう》でずとしけれど、しばしばえ詣《まう》でず。一《ひと》つ子《ご》にさへありければ、いとかなしうしたまひけり。さるに、師走《しはす》ばかりに、とみのこととて御文《おんふみ》あり。おどろきて見《み》れば、歌《うた》あり。

老《お》いぬればさらぬ別《わか》れのありといへばいよいよ見《み》まくほしき君《きみ》かな

かの子《こ》、いたううち泣《な》きてよめる、

世《よ》の中《なか》にさらぬ別《わか》れのなくもがな千代《ちよ》もと祈《いの》る人《ひと》の子《こ》のため

✻業平《なりひら》の母は桓武《かんむ》天皇の皇女《こうじょ》、伊都《いと》内親王。長岡は、五八段「集まって騒ぐ女が鬼に見え」参照。

「かなしうす」はどうしようもなく、愛《いと》しくてせつなく思うという意味。胸が締め付けられるような感情。

慌ただしい年の瀬に、母宮から「大至急」という手紙が来る。何かあったのかと、開く手ももどかしく見ると、ただ「逢いたい」とある。常に気遣っていても仕事にかまけて、そうそうは逢いに行けない子。年が明ければもう一つ年をとると思うと、やもたてもたまらず、すぐにでも逢いたいと思う親。子は、親が年をとりやがて死んでしまうことをなかなか実感できないものである。

◆月々《つきづき》に時《とき》を重《かさ》ねて老《お》いとなる〈八八段〉

むかし、そんなに若《わか》いというほどでもない年頃《としごろ》の、だれかれ友人《ゆうじん》たちが集《あつ》まって、月《つき》を見《み》て、その中《なか》の一人《ひとり》が詠《よ》んだ歌《うた》、

並一通《なみひとと》おりの気持《きも》ちで、月《つき》を賞美《しょうび》するのはやめよう、この月《つき》こそ、つもれば年《とし》となり、人《ひと》の老《お》いとなるものだから（空《そら》の月《つき》は美《うつく》しいが、その月《つき》によってめぐる月日《つきひ》は、人《ひと》に老《お》いをもたらすものだから）。

❖むかし、いと若《わか》きにはあらぬ、これかれ友《とも》だちども集《あつま》りて、月《つき》を見《み》て、それが中《なか》にひとり、

おほかたは月《つき》をもめでじこれぞこの積《つも》れば人《ひと》の老《お》いとなるもの

✻今目前にある美しい月が、月日を測る月でもあることに気付かせる一首。この時代は太陰太陽暦《たいいんたいようれき》で、暦は月を基準にして測った。したがって月の満ち欠けが、月日の経過をよりはっきりと、目に見える形で表すことになる。月は約二十九日で地球を一まわりする。満月を見る度に二十九日――一か月経ったこと、満月を十二回見ればおよそ一年が経ったことになる。

★暦

現在は太陽暦で、太陽を基準とする。太陽暦だと、暦と実際のずれは四年に一度の閏年《うるう》で修正できるが、太陰太陽暦だと、ずれが大きく、年によっては閏月を設けて修正した。ふつう陰暦と略していう。

また、陰暦は旧暦《きゅうれき》ともよび、現在の暦（＝新暦《しんれき》）とは、約一か月ずれている。旧暦の正月は、すなわち春の到来を意味し、今の立春の頃（＝二月四日頃）であった。だから、新年を迎えることを迎春という。現在も正月や七夕、盆などは旧暦で行う地方が多い。

陰暦月名

一月	睦月《むつき》	初春月《はつはるづき》・初空月《はつそらづき》・太郎月《たろうづき》・霞初月《かすみそめづき》・子日月《ねのひづき》・祝月《いわいづき》・元月《げんげつ》
二月	如月《きさらぎ》	梅見月《うめみづき》・雪消月《ゆきげづき》・初花月《はつはなづき》・麗月《れいげつ》・令月《れいげつ》
三月	弥生《やよい》	花見月《はなみづき》・桜月《さくらづき》・春惜月《はるおしみづき》・夢見月《ゆめみづき》・花月《かげつ》・嘉月《かげつ》・喜月《きげつ》
四月	卯月《うづき》	卯花月《うのはなづき》・花残月《はなのこりづき》・夏初月《なつはづき》・陰月《いんげつ》・余月《よげつ》
五月	皐月《さつき》	早苗月《さなえづき》・橘月《たちばなづき》・五月雨月《さみだれづき》・月不見月《つきみずづき》・星月《せいげつ》・早月《そうげつ》・鶉月《しゅんげつ》
六月	水無月《みなづき》	風待月《かぜまちづき》・常夏月《とこなつづき》・鳴神月《なるかみづき》・且月《しょげつ》・焦月《しょうげつ》・火月《かげつ》
七月	文月《ふみづき・ふづき》	七夕月《たなばたづき》・女郎花月《おみなえしづき》・秋初月《あきはづき》・涼月《りょうげつ》・親月《しんげつ》・蘭月《らんげつ》
八月	葉月《はづき》	月見月《つきみづき》・秋風月《あきかぜづき》・草津月《くさつづき》・木染月《こそめづき》・萩月《はぎづき》・燕去月《つばめさりづき》・雁来月《かりきづき》・桂月《けいげつ》・荻月《てきげつ》・壮月《そうげつ》
九月	長月《ながつき》	紅葉月《もみじづき》・菊月《きくづき》・菊咲月《きくさきづき》・寝覚月《ねざめづき》・稲刈月《いねかりづき》・玄月《げんげつ》
十月	神無月《かんなづき》	神去月《かみさりづき》・神在月《かみありづき》・時雨月《しぐれづき》・初霜月《はつしもづき》・吉月《きつげつ》
十一月	霜月《しもつき》	霜降月《しもふりづき》・神楽月《かぐらづき》・雪待月《ゆきまちづき》・雪見月《ゆきみづき》・子月《ねのつき》
十二月	師走《しわす》	極月《ごくげつ》・除月《じょげつ》・終月《しゅうげつ》・臘月《ろうげつ》・春待月《はるまちづき》・梅初月《うめはつづき》・三冬月《みふゆつき》・弟月《おとごづき》・乙子月《おとごづき》

◆春惜《はるお》しむつごもりの日《ひ》の夕暮《ゆうぐ》れに〈九一段〉

むかし、（さまざまなことを嘆《なげ》くその上《うえ》に）月日《つきひ》が過《す》ぎてしまうことまでも嘆《なげ》く男《おとこ》が、弥生《やよい》（＝陰暦三月《いんれきさんがつ》）の末日《まつじつ》に詠《よ》んだ歌《うた》、

行《ゆ》く春《はる》を惜《お》しむけれども、春《はる》の終《お》わりの今日《きょう》という日《ひ》の、その上夕暮《うえゆうぐ》れとなってしまったなあ。

❖むかし、月日《つきひ》の行《ゆ》くをさへ歎《なげ》く男《をとこ》、弥生《やよひ》つごもりがたに、

をしめども春《はる》のかぎりの今日《けふ》の日《ひ》の夕暮《ゆふぐれ》にさへなりにけるかな

今も昔も桜は人の心を騒がせる

✲陰暦《いんれき》では、一月から三月までを春とする。晦日（つごもり）は「つきこもり（月籠もり）」の約で、月末のこと。ちなみに一年の最後の日、大晦日は「おおつごもり」という。三月末日はその年の春の最後の日。

男はそもそもあらゆることに心を砕《くだ》き嘆くタイプ。季節が移るごとに嘆いてもはじまらないが、しかし、年齢を重ねるにつれ、それぞれの季節の重みが増してくるのは確かである。雪を分けて草木が芽吹き、梅が甘酸っぱい香を放ち、何よりも桜が咲き、雪のように散ってゆく春。今年の春はもうすぐ行ってしまう。この美しい春に来年もう一度会えるだろうかという思いが、切実な名残惜しさを呼び起こす。

◆もと夫婦《ふうふ》春《はる》だ秋《あき》だと皮肉《ひにく》言《い》い〈九四段〉

むかし、こんな男《おとこ》がいましたっけ。いったいどういういきさつがあったのか、その男《おとこ》は女《おんな》の家《いえ》へ通《かよ》わなくなってしまいました。その後《ご》、女《おんな》には別《べつ》の男《おとこ》が通《かよ》うようになったけれど、前《まえ》の男《おとこ》とは子供《こども》をもうけた仲《なか》だったので、とくに愛情《あいじょう》こまやかというわけではなかったけれど、時々手紙《ときどきてがみ》を寄《よ》こすのでした。前《まえ》の男《おとこ》は女《おんな》の所《ところ》に――女《おんな》は絵《え》を描《か》く人《ひと》だったので――絵《え》を描《か》くように頼《たの》んだけれど、今《いま》の男《おとこ》が来《き》ていると言《い》って、一日二日《いちにちふつか》絵《え》を寄《よ》こしませんでした。前《まえ》の男《おとこ》は「とても情《なさ》けない、私《わたし》が申《もう》したことを今《いま》になってもして下《くだ》さらないので、それは当然《とうぜん》だと思《おも》うけれど、やはり、あなたを恨《うら》まずにはいられないものでしたよ」と言《い》って、皮肉《ひにく》っぽく詠《よ》んでやった歌《うた》は、その時《とき》が秋《あき》であったので、秋《あき》の夜《よ》には春《はる》の日《ひ》を忘《わす》れるものなのだろうか、しみじみとあわれ深《ぶか》い霧立《きりた》ちこめる秋《あき》の夜《よ》は、のどやかな春霞《はるがすみ》がたなびく日《ひ》より千倍《せんばい》もすばらしいのでしょうか（私《わたし》より今《いま》のお相手《あいて》の方《ほう》が千倍《せんばい》もすばらしくて、私《わたし》のことなんか忘《わす》れてしまったのですね）。

と詠《よ》んでやった。女《おんな》の返歌《へんか》、

千《せん》の秋《あき》は一《ひと》つの春《はる》にかなうでしょうか、かないませんよ（今《いま》の男《おとこ》よりあなたの方《ほう》が千倍《せんばい》も素敵《すてき》です）。でも紅葉《もみじ》も桜《さくら》もどちらもはかなく散《ち》ってしまうのですから（両方《りょうほう》ともあてにはなりません）。

❖むかし、男《をとこ》ありけり。いかがありけむ、その男住《をとこす》まずなりにけり。のちに男《をとこ》ありけれど、子《こ》ある仲《なか》なりければ、こまかにこそあらねど、時々《ときどき》もの言《い》ひおこせけり。女方《をんながた》に、絵《え》かく人《ひと》なりければ、かきにやれりけるを、今《いま》の男《をとこ》のものすとて、一日二日《ひとひふつ》日《か》おこせざりけり。かの男《をとこ》、「いとつらく、おのが聞《きこ》ゆることをば、今《いま》までたまはねば、ことわりと思《おも》へど、なほ人《ひと》をば恨《うら》みつべきものになむありける」とて、弄《ろう》じて詠《よ》みてやれりける、時《とき》は秋《あき》になむありける。

秋《あき》の夜《よ》は春日《はるひ》忘《わす》るるものなれや霞《かすみ》に霧《きり》や千重《ちへ》まさるらむ

となむよめりける。女《をんな》、返《かへ》し、

千々《ちぢ》の秋《あき》一《ひと》つの春《はる》にむかはめや紅葉《もみぢ》も花《はな》もともにこそ散《ち》れ

✼男の歌は、自分を春に今の男を秋になぞらえて歌った皮肉。夫の身の回りのものは女の方で整えた。女が染色や縫《ぬ》い物が上手だと、男が通わなくなってからも依頼することがあったらしい。この女は絵を上手に描く人だった。絵は、扇面とか衣装などに描いたのだろうか。『蜻蛉日記《かげろうにっき》』でも、作者道綱《みちつな》の母は、染め物・縫い物・和歌など何でもできたので、夫兼家《かねいえ》は通わなくなっても依頼した。

◆約束《やくそく》を破《やぶ》った女《おんな》に呪《のろ》いかけ〈九六段〉

むかし、こんな男《おとこ》がいましたっけ。女《おんな》にあれこれ言《い》い寄《よ》るうちに長《なが》い月日《つきひ》が経《た》ったのでした。女《おんな》も木石《ぼくせき》ではないので、気《き》の毒《どく》だと思《おも》ったのだろうか、だんだんと男《おとこ》にしみじみとした愛《いと》しさを感《かん》じるようになりました。その頃《ころ》は水無月《みなづき》の満月《まんげつ》の頃《ころ》(=陰暦六月《いんれきろくがつ》の十五日《じゅうごにち》、今《いま》の七月末頃《しちがつまつごろ》、暑《あつ》い盛《さか》り)だったので、女《おんな》は身体《からだ》に吹《ふ》き出物《でもの》が一《ひと》つ二《ふた》つできてしまいました。女《おんな》がよこした手紙《てがみ》は、「今《いま》はあなたのお気持《きも》ちに対《たい》して何《なん》の異存《いぞん》もありません。身体《からだ》に吹《ふ》き出物《でもの》が一《ひと》つ二《ふた》つできています。時候《じこう》もたいそう暑《あつ》うございます。少《すこ》し秋風《あきかぜ》が吹《ふ》いて涼《すず》しくなる頃《ころ》に、必《かなら》ずお逢《あ》いしましょう」と言《い》ったのでした。ところが秋《あき》も間近《まぢか》の頃《ころ》、あちらこちらから、女《おんな》がその男《おとこ》のもとへ行《ゆ》こうとしているそうだといって、反対意見《はんたいいけん》が出《で》てきたのでした。それで、この女《おんな》の兄《あに》が、急《きゅう》に迎《むか》えに来《き》たのです。そこでこの女《おんな》は、楓《かえで》の初紅葉《はつもみじ》を侍女《じょ》に拾《ひろ》わせて、歌《うた》を詠《よ》んで書《か》き付《つ》けてよこしました。

秋《あき》にお逢《あ》いしましょうとお約束《やくそく》しながらそうならないとは、木《こ》の葉《は》が一面《いちめん》に降《ふ》って積《つ》もった江《え》のように、浅《あさ》いご縁《えん》だったのですね。

と書《か》き置《お》いて「あの人《ひと》から、使《つか》いをよこしたら、これを渡《わた》しなさい」といって、行《い》ってしまいました。そのままその後《ご》、ついに今日《きょう》まで女《おんな》がどうなったかはわかりません。幸《しあわ》せでいるのか、不幸《ふこう》になったのか。行《い》ってしまった所《ところ》も知《し》りません。例《れい》の男《おとこ》は、天《あま》の逆手《さかて》を打《う》って、呪《のろ》っているということです。なんて気味《きみ》の悪《わる》いこと。人《ひと》を呪《のろ》うと、本当《ほんとう》に呪《のろ》いは降《ふ》りかかるのでしょうか、何《なん》ともないものでしょうか。男《おとこ》は「今《いま》に見《み》ていろ」と言《い》っているそうです。


❖むかし、男《をとこ》ありけり。女《をんな》をとかく言《い》ふこと月日《つきひ》経《へ》にけり。石木《いはき》にしあらねば、心《こころ》苦《ぐる》しとや思《おも》ひけむ、やうやうあはれと思《おも》ひけり。そのころ、水無月《みなづき》の望《もち》ばかりなりければ、女《をんな》、身《み》にかさ一《ひと》つ二《ふた》ついできにけり。女言《をんない》ひおこせたる、「今《いま》はなにの心《こころ》もなし。身《み》に、かさも一《ひと》つ二《ふた》ついでたり。時《とき》もいと暑《あつ》し。すこし秋風《あきかぜふ》吹き立《た》ちなむ時《とき》、かならずあはむ」と言《い》へりけり。秋待《あきま》つころほひに、ここかしこより、その人《ひと》のもとへ去《い》なむずなりとて、口舌《くぜち》いできにけり。さりければ、女《をんな》の兄人《せうと》、にはかに迎《むか》へに来《き》たり。されば、この女《をんな》、かへでの初紅葉《はつもみぢ》を拾《ひろ》はせて、歌《うた》を詠《よ》みて、書《か》きつけておこせたり。

秋《あき》かけて言《い》ひしながらもあらなくに木《こ》の葉《は》降《ふ》りしくえにこそありけれ

と書《か》き置《お》きて、「かしこより人《ひと》おこせば、これをやれ」とて、去《い》ぬ。さて、やがて後《のち》、つひに今日《けふ》まで知《し》らず。よくてやあらむ、あしくてやあらむ。去《い》にし所《ところ》も知《し》らず。かの男《をとこ》は、天《あま》の逆手《さかて》を打《う》ちてなむ、呪《のろ》ひをるなる。むくつけきこと。人《ひと》の呪《のろ》ひごとは、負《お》ふものにやあらむ、負《お》はぬものにやあらむ。「今《いま》こそは見《み》め」とぞ言《い》ふなる。

＊「天《あま》の逆手《さかて》」はまじないをする時にうつ柏手《かしわで》。実際にどう打つかは不明。普通と逆の打ち方、例えば甲と甲を打ち合わせるとか、背中で打つとか諸説ある。

長年言い寄った女をその兄に奪われるという筋書きは、「二条の后物語」の変奏だが、変奏の仕方はいたって素朴で民衆的である。「吹《ふ》き出《で》物ができたので、もう少し涼しくなったら」という女の言葉も、古めかしく仰々《ぎょうぎょう》しい男の呪《のろ》いも、なにやら滑稽《こっけい》で笑いをさそう。昔男《むかしおとこ》の歌もなく異質な段である。

「天の逆手」のしぐさ（『勢語図説抄』）

◆山里《やまざと》に住《す》めば浮《う》き世《よ》の憂《うれ》いなし〈一〇二段〉

むかし、こんな男《おとこ》がいましたっけ。歌《うた》は詠《よ》まなかったけれど、男女《だんじょ》の仲《なか》の機微《きび》は十分《じゅうぶん》知《し》り尽《つ》くしていました。高貴《こうき》な女人《にょにん》が尼《あま》になって、人《ひと》の世《よ》の人間関係《にんげんかんけい》を厭《いと》わしく思《おも》って、都《みやこ》にもおらず、遥《はる》か遠《とお》い山里《やまざと》に住《す》んでいました。男《おとこ》はもと親族《しんぞく》であったので、詠《よ》んでやった歌《うた》は、

世《よ》の中《なか》に背《そむ》いて出家《しゅつけ》しても仙人《せんにん》のように雲《くも》に乗《の》るわけではないけれど、世《よ》の中《なか》の辛《つら》いこととは無縁《むえん》になるでしょう（それはよろしいですね、うらやましく思《おも》います）。

と、言《い》ってやったのでした。
この女人《にょにん》は伊勢《いせ》の斎宮《さいぐう》の宮《みや》です。

❖むかし、男《をとこ》ありけり。歌《うた》は詠《よ》まざりけれど、世《よ》の中《なか》を思《おも》ひ知《し》りたりけり。あてなる女《をんな》の、尼《あま》になりて、世《よ》の中《なか》を思《おも》ひ倦《う》んじて、京《きやう》にもあらず、はるかなる山里《やまざと》に住《す》みけり。もと親族《しぞく》なりければ、詠《よ》みてやりける、

そむくとて雲《くも》には乗《の》らぬものなれど世《よ》の憂《う》きことぞよそになるてふ

となむ言《い》ひやりける。
斎宮《さいぐう》の宮《みや》なり。

✲「歌は詠《よ》まざりけれど」はわざとぼかした言い方。業平《なりひら》が歌人であることは周知のことである。
「世の中」は男女の仲。また広く人間関係。この女人は、恬子《てんし》内親王をさすと思われ、六九段の後日談として読める。斎宮《さいぐう》を務める間は仏教を避けて過ごすので、退いた後は仏罰を恐れた。煩わしい人間関係から逃《のが》れ自由になれるといっても、斎宮を務めた後、尼になるのは、なんとも淋《さび》しい人生であろう。

◆尼姿《あますがた》葵祭《あおいまつり》に誘《さそ》われて〈一〇四段〉

むかし、とくに事情《じじょう》もなくて、尼《あま》になった人《ひと》がいました。尼姿《あますがた》に変《か》えたけれど、世俗《せぞく》のことに心惹《こころひ》かれたのだろうか、賀茂《かも》の祭《まつり》を見《み》に出《で》かけたのを、男《おとこ》が見《み》かけて、歌《うた》を詠《よ》んでやった、

海《うみ》の海女《あま》とお見《み》うけするので、若布《わかめ》を食《た》べさせて下《くだ》さいよ（世《よ》を憂《う》しと思《おも》う尼《あま》だとあなたをお見《み》うけするので、私《わたし》に目配《めくば》せして下《くだ》さるかと期待《きたい》してしまいますよ）。

これは、斎宮《さいぐう》の祭《まつ》り見物《けんぶつ》の車《くるま》に、男《おとこ》がこのように申《もう》し上《あ》げたので、斎宮《さいぐう》は途中《とちゅう》でお帰《かえ》りになったと聞《き》いています。

❖むかし、ことなることなくて、尼《あま》になれる人《ひと》ありけり。形《かたち》をやつしたれど、もの

やゆかしかりけむ、賀茂《かも》の祭見《まつりみ》に出《い》でたりけるを、男《をとこ》、歌詠《うたよ》みてやる、

世《よ》をうみのあまとし人《ひと》を見《み》るからにめくはせよとも頼《たの》まるるかな

これは、斎宮《さいぐう》のもの見《み》たまひける車《くるま》に、かく聞《きこ》えたりければ、見《み》さして帰《かへ》りたまひにけりとなむ。

✽「賀茂《かも》の祭」は京都の賀茂神社の夏祭。牛車《ぎつしや》や冠《かんむり》、袖《そで》などに植物の葵《あおい》を飾るので「葵祭《あおいまつり》」ともいう。現在も五月十五日に行われる。

「めくはせよ」は「目配せをする」と「若布《め》を食《く》わせる」をかける。「海《うみ》」「海女《あま》」「海松《みる》」「若布《め》」は縁語。

特別の理由もなく尼《あま》になった人なので、つい俗世《ぞくせ》に心惹《ひ》かれたのだろう。不謹慎といえば不謹慎だが、男の歌もいささか品がない。一〇二段に続き「伊勢の斎宮物語」の変奏である。

◆消《き》えるなら消《き》えてしまえと女言《おんない》い〈一〇五段〉

むかし、男《おとこ》が、「こんなにあなたが冷淡《れいたん》な状態《じょうたい》では私《わたし》はきっと死《し》んでしまうでしょう」と言《い》ってやったところ、女《おんな》が、

はかない白露《しらつゆ》は、消《き》えてしまうならば消《き》えてしまって欲《ほ》しい、たとえ消《き》えずに残《のこ》っても、玉《たま》にして紐《ひも》を通《とお》す人《ひと》もいないでしょうから（死《し》ぬなら死《し》んでおしまいになったら……）。

と言《い》ったので、たいそう無礼《ぶれい》だと思《おも》ったけれども、女《おんな》を思《おも》う気持《きも》ちはますます募《つの》ったのでした。

❖むかし、男《をとこ》、「かくては死《し》ぬべし」と言《い》ひやりたりければ、女《をんな》、

白露《しらつゆ》は消《け》なば消《け》ななむ消《き》えずとて玉《たま》に貫《ぬ》くべき人《ひと》もあらじを
と言《い》へりければ、いとなめしと思《おも》ひけれど、心《こころ》ざしはいやまさりけり。

＊「玉に貫《ぬ》く」は白露を玉に見立て、紐を通して大切に身につけるという意味。「なめし」は無礼であるという意味。現代語の「なめてる」と同源。
男の言い方も乱暴であるし、女の歌もかなり辛辣《しんらつ》である。

「白露」というキーワードから、連想するのは六段「芥河《あくたがわ》はかなき女《ひと》は露と消え」である。この無礼な女の歌を、六段の男の歌と並べてみると、

男の歌、
白玉か　なにぞと人の　問ひし時　露とこたへて　消えなましものを
女の歌、
白露は　消なば　消ななむ　消えずとて　玉に貫《ぬ》くべき　人もあらじを
となり、贈答歌と見えなくもない。これも「二条の后《きさき》物語」の変奏と考えられるだろう。変奏は物語の展開につれて微妙に響き合っている。

◆ちはやぶる神代《かみよ》もきかず龍田河《たつたがわ》〈一〇六段〉

むかし、男《おとこ》が親王《しんのう》たちがそぞろ歩《ある》きなさっている所《ところ》にうかがって、龍田《たつた》河《がわ》の辺《ほとり》でこう詠《よ》んだ、

神聖《しんせい》な神代《かみよ》でもこのようなことは聞《き》いておりません。龍田《たつた》河《がわ》を、深紅《しんく》の絞《しぼ》り染《ぞ》めにしようとは（これほど深紅《しんく》に龍田《たつた》河《がわ》に紅葉《もみじ》が散《ち》り敷《し》いているのは見《み》たことがありません）。

❖むかし、男《をとこ》、親王《みこ》たちの逍遥《せうえう》したまふ所《ところ》に詣《まう》でて、龍田《たつた》河《がは》のほとりにて、

ちはやぶる神代《かみよ》も聞《き》かず龍田《たつた》河《がは》唐紅《からくれなゐ》に水《みづ》くくるとは

✲「龍田河」は奈良県を流れる、紅葉の名所。「唐紅《からくれなゐ》」は韓国渡来の紅色。「くる」は絞り染めにすること。

この歌は『古今和歌集』秋五に次のように載る。

二条の后の春宮《とうぐう》の御息所《みやすどころ》（皇太子の母君）と申しける時に、御屏風《びやうぶ》に龍田河に紅葉流れたるかたをかけりけるを題にて詠《よ》める

紅葉葉《もみぢば》の　流れてとまる　みなとには　紅《くれなゐ》深き　波や立つらむ　素性《そせい》

ちはやぶる　神代もきかず　龍田河　唐紅に　水くるとは　業平朝臣《なりひらあそん》

これによれば、もとは屏風を見て詠んだ題詠《だいえい》であったことがわかる。

◆狩衣《かりぎぬ》で今日《きょう》が最後《さいご》とお仕《つか》えし〈一一四段〉

むかし、仁和天皇《にんなてんのう》（光孝天皇《こうこうてんのう》）が、芹河《せりかわ》に行幸《ぎょうこう》なさった時《とき》、男《おとこ》を――今《いま》は年《とし》をとってそのようなことは似合《にあ》わないと思《おも》うけれども、以前《いぜん》はその役《やく》目《め》についていたので――、大鷹《おおたか》の鷹飼《たかがい》という役目《やくめ》でお供《とも》させた、そこで男《おとこ》が摺狩衣《すりかりぎぬ》の袂《たもと》に書《か》き付《つ》けた歌《うた》は、

私《わたし》が老人《ろうじん》じみているのを、皆《みな》さん、どうぞとがめないで下《くだ》さい。これから鷹《たか》に捕《つか》まる鶴《つる》も命《いのち》は今日限《きょうかぎ》りだと鳴《な》いているようです（私《わたし》が、摺《すり》狩衣《かりぎぬ》を着《き》てお供《とも》をするのも、今日《きょう》が最後《さいご》でございますから）。

その歌《うた》を御覧《ごらん》になった天皇《てんのう》のご機嫌《きげん》は悪《わる》かったのでした。男《おとこ》は自分《じぶん》の年齢《ねんれい》を思《おも》って詠《よ》んだのだけれど、若《わか》くない人《ひと》は自分《じぶん》のことを言《い》われたと思《おも》った

とか。

❖むかし、仁和《にんな》の帝《みかど》、芹河《せりがは》に行幸《ぎやうがう》したまひける時《とき》、今《いま》はさること似《に》げなく思《おも》ひけれど、もとつきにけることなれば、大鷹《おほたか》の鷹飼《たかがひ》にてさぶらはせたまひける、摺狩衣《すりかりぎぬ》の袂《たもと》に書《か》きつけける。

翁《おきな》さび人《ひと》なとがめそ狩衣《かりごろも》今日《けふ》ばかりとぞ鶴《たづ》も鳴《な》くなる

おほやけの御気色《みけしき》悪《あ》しかりけり。おのが齢《よはひ》を思《おも》ひけれど、若《わか》からぬ人《ひと》は聞《き》き負《お》ひけりとや。

✻「大鷹狩《おおたかがり》」は鷹の雌を使う狩。冬に行う。

「若からぬ人」は「若くない人」という意味。天皇も五十七歳で年配。天皇自身も自分のことかと思い、ご機嫌を損《そこ》ねたという。

史実では、業平はこの七年前に五十六歳で亡くなっている。よってこの主人公は、他の資料により業平の兄、在原行平《ありわらのゆきひら》（当時六十九歳）ではないかとされる。

史実はどうあれ、この段を『伊勢物語』の一段と見る時、まず「摺狩衣《すりかりぎぬ》」から初段が連想される。あの時成人したばかりの「昔男《むかしおとこ》」は、今は「翁《おきな》」である。狩はまた、「伊勢の斎宮物語」も連想させる。恋に明け暮れ、歌を作らせれば満座を感動せしめた昔男も、人生の冬を迎え今は見る影もない。この段の歌に至っては、天皇のご機嫌まで損じてしまった。

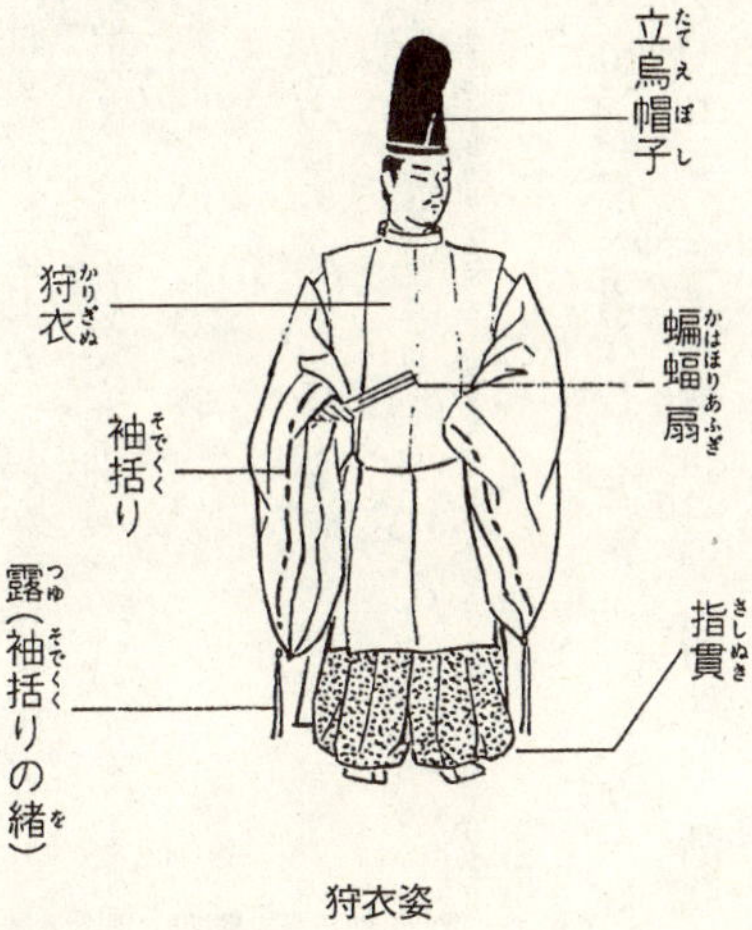

狩衣姿

◈お別《わか》れはこの身焼《みや》くより悲《かな》しくて〈一一五段〉

むかし、陸奥《みちのく》で、男《おとこ》と女《おんな》が一緒《いっしょ》に住《す》んでいました。男《おとこ》が「都《みやこ》へ帰《かえ》りたい」と言《い》います。この女《おんな》はたいそう悲《かな》しくて、せめて送別《そうべつ》の宴《えん》だけでもしようと思《おも》い、「都島《みやこじま》」という所《ところ》で、男《おとこ》に酒《さけ》を飲《の》ませて詠《よ》んだ歌《うた》、

炭火《すみび》の熾《お》きの真《ま》っ赤《か》に焼《や》けた火《ひ》でこの身《み》を焼《や》くよりも悲《かな》しいのは、この都島《みやこじま》のほとりで、都《みやこ》に帰《かえ》っていくあなたとお別《わか》れすることでした。

❖むかし、陸奥《みちのくに》にて、男《をとこ》、女《をんな》、住《す》みけり。男《をとこ》、「都《みやこ》へ去《い》なむ」と言《い》ふ。この女《をんな》、いと悲《かな》しうて、馬《うま》のはなむけをだにせむとて、おきのゐて、都島《みやこじま》といふ所《ところ》にて、酒飲《さけの》ませて詠《よ》める、

おきのゐて身《み》をやくよりも悲《かな》しきは都島辺《みやこしまべ》の別《わか》れなりけり

＊「馬のはなむけ」は餞別《せんべつ》の意味。送別会を開いて旅の無事を祈る。「おきのゐて」は場所を表す。「沖の井手（＝海岸に突き出した土手）」だとする説もあるがよくわからない。

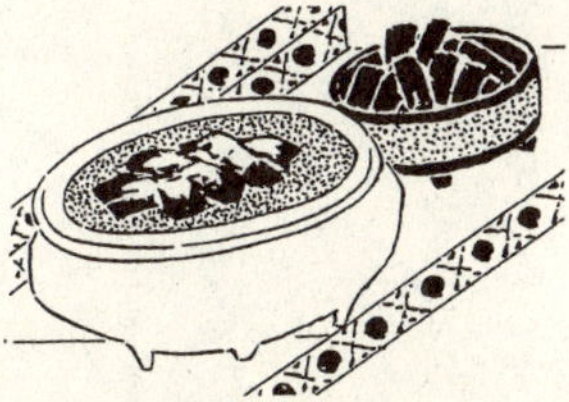

炭櫃《すびつ》（当時の火鉢）

◆形見《かたみ》ゆえ忘《わす》れきれないあだ男《おとこ》〈一一九段〉

むかし、女《おんな》が、浮気《うわき》な男《おとこ》が、形見《かたみ》（＝自分《じぶん》を思《おも》い出《だ》すよすが）にしてくれと言《い》って置《お》いていった物《もの》などを見《み》て詠《よ》んだ歌《うた》、

残《のこ》された形見《かたみ》の品《しな》こそ、今《いま》は苦《くる》しみの種《たね》なのです、もしこれさえなければ、あの人《ひと》のことを忘《わす》れる時《とき》もあるでしょうに、でも形見《かたみ》があるから忘《わす》れられないのです。

❖むかし、女《をんな》の、あだなる男《をとこ》の形見《かたみ》とて置《お》きたるものどもを見《み》て、

形見《かたみ》こそ今《いま》はあたなれこれなくは忘《わす》るる時《とき》もあらましものを

✻「形見」はその人を思い出すよすがとなる品物。相手が生きていても言う。浮気な男は、他の女に心を移した上に形見まで残していったとみえる。思い切って捨ててしまえないところに、女の未練な恋の苦しみがある。

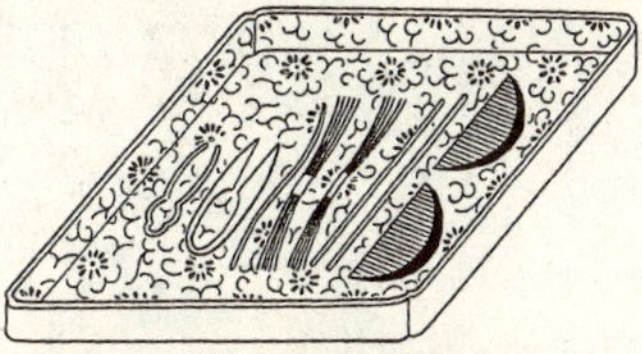
残された櫛箱《くしばこ》などが形見の品となる

◆鶉《うずら》鳴き秋風《あきかぜ》吹いて草深《くさふか》く〈一二三段〉

むかし、こんな男《おとこ》がいましたっけ。深草《ふかくさ》の里《さと》（＝今《いま》の京都市《きょうとし》伏見区《ふしみく》）に住《す》んでいた女《おんな》を、だんだんと飽《あ》きてきたように思《おも》ったのだろうか、このような歌《うた》を詠《よ》みました。

何年《なんねん》も通《かよ》ってきた里《さと》を私《わたし》が出《で》て行《い》ってしまったならば、いっそう深《ふか》く草《くさ》に覆《おお》われた野《の》となってしまうだろうか。

女《おんな》の返歌《へんか》、

もし荒《あ》れた草深《くさぶか》い野《の》となってしまうならば、私《わたし》は鶉《うずら》となって鳴《な》いていましょう。そうすれば、せめて狩《かり》にだけでも――ほんの仮《かり》そめにでも、あなたがおいでにならないことがありましょうか、いや、きっとおいでになるでしょうから。

と、詠《よ》んだのをすばらしいと思《おも》って、男《おとこ》は去《さ》って行《ゆ》こうという気持《きも》ちがなくなったのでした。

鶉　グワックルルルと鳴く
古くから鳴声を楽しむためにも飼育された

❖むかし、男《をとこ》ありけり。深草《ふかくさ》に住《す》みける女《をんな》を、やうやう飽《あ》き方《がた》にや思《おも》ひけむ、かかる歌《うた》を詠《よ》みけり。

年《とし》を経《へ》て住《す》み来《こ》し里《さと》を出《い》でて去《い》なばいとど深草野《ふかくさの》とやなりなむ

女《をんな》、返《かへ》し、

野《の》とならば鶉《うづら》となりて鳴《な》きをらむ狩《かり》にだにやは君《きみ》は来《こ》ざらむ

と詠《よ》めりけるに愛《め》でて、行《ゆ》かむと思《おも》ふ心《こころ》なくなりにけり。

✱「鶉《うずら》」は狩の対象になる、食用の鳥。

この段は、短いが、二三段「筒井筒沖つ白波乗り越えて」の条《くだり》を思わせる。また、男の浮気、女のけなげさ、舞台となった深草の里のわびしさなど、『伊勢物語』のエッセンスのように印象深い。この段の後日談の形で詠まれた歌が『新古今和歌集』(=鎌倉時代の勅撰《ちよくせん》和歌集)に載る。

前大僧正慈円《さきのだいそうじようじえん》

秋を経《へ》て　あはれも露も　深草の　里訪《さと と》ふものは　鶉なりけり

（あの人が行ってから何回も秋が過ぎて、あわれも露――涙――もますます深くなったこ

こ、深草の里を訪れるのは、あの人ではなくて鶉だったのです）

右衛門督通具《うえもんのかみみちとも》

深草の　里の月影　寂しさも　住み来《こ》しままの　野べの秋風

（深草の里の月の光も、寂しさも、昔住んでいた頃のまま、秋風もまた昔のままだ）

前の歌は女の気持ちで、後の歌は時が経って再び訪れた男の気持ちで詠んでいる。いずれも、『伊勢物語』の女の歌を本歌とし（＝引用し）、それを踏まえて詠んでいる。この手法を「本歌取り《ほんかど》」という。こうすることで、『新古今和歌集』の和歌の背景には『伊勢物語』の世界が奥行きとして広がることになる。また、このことから、歌を詠む者は皆、『伊勢物語』を熟知していたことがわかる。

◆思《おも》ってもしまっておこう我《わ》が胸《むね》に〈一二四段〉

むかし、男《おとこ》がいったいどんなことを思《おも》った折《おり》にか、詠《よ》んだ歌《うた》。
心《こころ》に思《おも》うことは言《い》わないでそのままやめてしまうのがよい。私《わたし》と同《おな》じ気持《きも》ちの人《ひと》はいないのだから（言《い》ったところで、わかってくれるはずがないのだから）。

❖むかし、男《をとこ》、いかなりけることを思《おも》ひけるをりにか、詠《よ》める。
思《おも》ふこと言《い》はでぞただにやみぬべきわれとひとしき人《ひと》しなければ

✿「昔男《むかしおとこ》」の一代記もいよいよ終焉《しゅうえん》に近づいた。歌に生き恋に生きた昔男も、心をことばにすることをあきらめてしまったように見える。色好みの果ての、一種の悟りとも言えるのだろうか。

物思いにふけることは風流とされた

◈ついに行《ゆ》く昔男《むかしおとこ》の死出《しで》の旅《たび》〈一二五段〉

むかし、男《おとこ》が病気《びょうき》になって、気分《きぶん》が悪《わる》く今《いま》にも死《し》にそうに思《おも》われたので詠《よ》んだ歌《うた》、

死出《しで》の道《みち》は、最後《さいご》には行《ゆ》く道《みち》だとかねてより聞《き》いていたが、昨日今日《きのうきょう》にも、その日《ひ》が来《く》るとは思《おも》っていなかったのに（ずっと先《さき》のことだと思《おも》っていたのに、今《いま》にも差《さ》し迫《せま》っているとは）。

❖むかし、男《をとこ》、わづらひて、心地《ここち》死《し》ぬべく覚《おぼ》えければ、

つひに行《ゆ》く道《みち》とはかねて聞《き》きしかど昨日今日《きのふけふ》とは思《おも》はざりしを

✻業平《なりひら》は五十六歳で亡くなった。死なない人間は一人もいないのに、人間は死を忘れて生きている。まだまだ先のことだと思って、目の前のことに苦しみ悩み精一杯生きている。業平のこの歌は、不条理な、人間と死のありようをつぶやいているようだ。

★『大和物語』在中将《ざいちゅうじょう》(業平)の死

『大和物語』では、業平の死を次のように語る。

弁《べん》の御息所《みやすんどころ》という高貴な女人《にょにん》の所に、在中将が人目を忍んで通っていた。中将は病が重くなり苦しんでいたが、本妻たちの目もあって、御息所はお見舞いに行くこともできず、毎日手紙を出していた。ところが手紙を出さない日があって、その日がいよいよ最期という日になってしまい、中将から「つれづれと　いとど心の　わびしきに　今日はとはずて　暮らしてむとや(お手紙を下さらないので、慰められず、ますますわびしい気持ちがいたします。今日は見舞って下さらずに過ごしてしまわれるのですか)」と言ってきた。「弱ってしまわれた」と泣き騒いで返事をしようとする時に、「死んでしまった」という知らせがあった。今際《いまわ》の際《きわ》に中将は「ついに行く」の歌を詠んで息が絶えたのだった。

『大和物語』の業平は最期まで現役の色好みで、生々しい。

◆寡黙な本文とおしゃべりな行間――主題と変奏の物語――◆

◇寡黙な本文

『伊勢物語』を読むと、二つのことに気づく。

その一つは、『伊勢物語』の本文は寡黙なことである。「寡黙」とは、語りの味わいを失わないぎりぎりのところまでしか、語らないということである。だから、ときに言葉が足りなくて、状況がはっきりとわからないままになる。例えば、伊勢の斎宮《さいぐう》との恋を描く六九段も「昔男《むかしおとこ》」と「斎宮」の関係が結局どうだったのかはわからない。だから、プラトニックな魂の恋だという解釈から、ただ一夜の契りだった、果ては子ができたとする伝えまで生まれた。

『伊勢物語』は、「歌物語」に分類される。「歌物語」とは、歌を核として構成された短編物語集のこと。そもそも「歌」は、五七五七七、たった三十一文字の詩の形である。短いゆえにたくさんの解釈を生み出す。『伊勢物語』は「歌」の部分だけでなく、散文の部分も、本質は「歌」であるように思う。本文は、あたかも胸がいっぱいになって言葉にならないかのように寡黙である。「その心あまりて、ことばたらず」という『古今和歌集』仮名序の業平《なりひら》評は、そのまま『伊勢物語』の本文そのものの評と言えるのではないか。

そして、本文が寡黙であるにもかかわらず、ではなく、だからこそ、行間は「おしゃべり」なのである。業平の歌が、「しぼめる花の色なくて匂ひ残れるがごとし」と評されたように、行間からは言葉にならなかった心があふれ出す。それに耳を傾け、想像をめぐらすと、ついつい行間のおしゃべりを言葉にしてみたい誘惑にかられる。その上、主人公「昔男」は最後まで、在原業平であって業平ではない。だから、「昔男」は史実に縛られず、どんな相手ともどんな場所ででも恋ができるのである。

このことは例えば『大和《やまと》物語』と比較するとよくわかる（コラム二二一ページ・二三段九九ページ・コラム二二七ページ参照）。同時代の「歌物語」であっても、『大和物語』の本文はおしゃべりである。実名をあげながら、事細かに具体的な状況を語る。語り手はまるでテレビのワイドショーのレポーターのようである。書かれた当時はさぞおもしろかっただろうが、当人たちを知らない時代の読者は、あまり興味をそそられない。しゃべりすぎる本文の行間からは、本文以上のものは伝わってこない。想像をかきたてられない。

か）との複雑な関係もあり、まだ定説をみない。しかし、そもそも「原伊勢物語」というものがあって、これについついおしゃべりを書き留めた後人の増補部分が加わって、現存の形になったことは間違いないだろう。

『伊勢物語』の成立については、ほぼ同時代に成立した『古今和歌集』（九〇五年成立

◇二つの主題

もう一つは、『伊勢物語』はあたかもソナタ形式のように二つの主題をもつことである。二つの主題は繰り返し現れ、変奏されていく。

『伊勢物語』の前半は「二条の后《きさき》物語」を第一主題として、高貴な姫君のところにこっそりと通う（三段・四段・五段　※注　以下数字は本書掲載章段）、女を盗み出す（六段）、見つかって捕まる（一二段）といった変奏が、寄せては返す波のように繰り返される。その罰としての「東下《あずまくだ》り」も、九段を中心に、東国《とうごく》への「道行き」（七段・八段）と、東国での「鄙《ひな》びた恋」（一〇段・一三段・一四段・一五段）の変奏が繰り返される。

その後、幼なじみの恋（二三段）、色好みの女との恋（二五段・二八段・三七段）、若者の一途な恋（四〇段）など、年齢も立場も心持ちも、さまざまな状況の男女の恋が

描かれる。

第一主題の変奏はひたすら昂揚《こうよう》した純愛路線である。その切なさのエッセンスはさらに変奏して、能の『隅田川』や『井筒』などに結晶した（コラム五五ページ・コラム一〇三ページ参照）。

後半に入って第二主題「伊勢の斎宮物語」が現れ、二つの主題は変奏を繰り返しながら「昔男」の老いと死へ向かってゆく。

しかも、後半になると変奏の仕方が変わってくる。すなわち、「色好みの貴公子昔男」は「ちょっと場違いな翁《おきな》」（一一四段）となり、「斎宮との一夜」は「一夜妻」（六〇段・六二段）となり、「満座を感涙せしめる歌」は「帝《みかど》の機嫌を損じる歌」（一一四段）となる。「昔男」は情にほだされて好きでもない年増《としま》女と共寝をしたりもする（六三段）。また、「身体に吹《ふ》き出物《でもの》ができた」という理由で女にさんざん待たされた挙げ句、女が兄に連れ去られたので、古めかしいやり方で女を呪う（九六段）。これがあの「昔男」か、と驚くような恰好《かっこう》の悪さである。

つまり後半の変奏は、前半の「本気」を茶化すような色を帯びるのである。これは単に、「昔男」が老いたという理由だけではないだろう。あまりに本気で悲痛な恋物語は、初めのうちこそ主人公と同化して胸を打たれるけれども、それが繰り返されるにつれて、次第になんだか滑稽《こっけい》な気がしてくるものである。実際本書を書いている時も後半では雅《みやび》な気分というより俗っぽい気分にさせられた。これは作品の後半で、すでに作品内部から、いわゆるパロディ化が起こっているからに違いない。

◇読み換えを呼ぶ本文

寡黙な本文は読み換えを誘う。パロディを生み出しやすい性質を、『伊勢物語』はもともともっている。その一例が江戸時代の仮名草子『仁勢《にせ》物語』である。『仁勢物語』は『伊勢物語』の一語一語を徹底的にもじり、完全にパロディ化して別の話にした作品である。作者は未詳だが、相当の筆力の持ち主である。まずはどのようにパロディ化されているのか、六九段「伊勢の斎宮物語」の部分を引用する。比較のために本家『伊勢物語』を挙げる。現代語訳は一六六・一七〇ページ参照。

むかし、男《をとこ》ありけり。その男、伊勢の国に狩《かり》の使《つかひ》に行きけるに、かの伊勢の斎宮《さいぐう》なりける人の親、「常の使《つかひ》よりは、この人よくいたはれ」と言ひやれりければ、親の言《こと》なりければ、いとねむごろにいたはりけり。朝《あした》には狩にいだしたててやり、夕《ゆふ》さりは帰りつつ、そこに来させけり。かくてねむごろにいたつきけり。二日といふ夜、男、

「われて、逢《あ》はむ」と言ふ。女《をんな》もはた、いと逢《あ》はじとも思へらず。されど、人目しげければ、え逢《あ》はず。使《つかひ》ざねとある人なれば、遠くも宿さず、女のねや近くありければ、女、人をしづめて、子《ね》一つばかりに、男のもとに来たりけり。男はた、寝られざりければ、外《と》の方《かた》を見いだしてふせるに、月のおぼろなるに、小さき童《わらは》をさきに立てて、人立てり。男、いと嬉《うれ》しくて、わが寝《ぬ》る所に率《ゐ》て入りて、子《ね》一つより丑《うし》三つまであるに、まだなにごとも語らはぬに帰りにけり。男、いと悲しくて、寝ずなりにけり。つとめて、いぶかしけれど、わが人をやるべきにしあらねば、いと心もとなくて待ちをれば、明けはなれてしばしあるに、女のもとより、詞《ことば》はなくて、

　君や来しわれや行《ゆ》きけむ思ほえず夢かうつつか寝てか醒《さ》めてか

男、いといたう泣きて詠《よ》める、

　かきくらす心の闇に迷《まど》ひにき夢うつつとは今宵《こよひ》定めよ　（後略）

『仁勢物語』を挙げる。

　をかし、男ありけり。その男、伊勢の国へ博奕《ばくち》を打ちに行《い》きけるに、かの伊勢の博奕打ち、常の人よりは、この人上手なりければ、親にも言うて、いと懇ろにあひしら

ひけり。朝《あした》には共に出《い》でて、夕さりは帰りて共に寝にけり。かくて懇ろに馳走《ちそう》しけり。二日といふ夜、男、「忍びて打たん。」と言ふ。伊勢の男も打たじとも思へらず。されど人目しげければ、え打たず。宿せんといふ人あれば（＝博奕をする宿を提供しようという人があったので）、人を静めて、子《ね》の時より、かの宿に行きて、戸の方《かた》を見出《い》だしてふせるに、月の朧《おぼろ》なるに、小さき賽《さい》をあまた持ちて（＝小さいサイコロをたくさん持って）、人立てり。男、いとうれしくて、わが居る所に率《ゐ》て入りて、子一つより丑《うし》三つまで打つに、まだ勝ち負けもあらず、打ち明かしけり。つと起きて、油の代に、わが銭をやるべきにしあらねば、心もとなくてしばしあるに、宿主の方《かた》より、

君や勝ちし人や負けけん思ほえず勝ちか負けたか下手か上手か

男、いたう忍びてよめる、

打ち明かす油の銭に惑ひにき下手上手とは今宵《こよひ》定めよ（後略）

博奕は当時禁制で、見つかった場合、打った者は家財没収、博奕宿を提供した者は、引き回しの上死罪または遠島の刑に処せられたという。だから「忍びて」打つのである。なにもそんな危ない橋を渡ってまで打たなくてもよさそうなものである。博奕宿は明るくなければならないので、灯火代を徴収した。二人の男の間で問題になってい

るのはその「火の銭」である。

　名歌も次のようにもじられる。

〈伊勢〉世の中にたえて桜のなかりせば春の心はのどけからまし（八二段）

〈仁勢〉世の中に絶えて妻子のなかりせば今の心はのどけからまし

〈伊勢〉つひに行く道とはかねて聞きしかど昨日今日とは思はざりしを（一二五段）

〈仁勢〉つひに行く道には金も要らじかと（＝死出の道には金もいらないだろうと）昨日経読む僧にくれしを（＝昨日経を読む坊主にくれてやったなあ）

「むかし男」は「をかし男（＝滑稽な男）」に、「本気」は「野暮《やぼ》」に読み換えられる。話題になるのは、「恋の雅」とはほど遠い「あからさまな性」「ひだるさ（＝空腹）」「銭」「吹き出物・病」であり、餅《もち》をはじめとする食べ物がたくさんでてくる。

　仮名草子は大衆に読まれたものである。大衆に読まれるには、俗な内容をもっていないとならない。それは色であり、欲であり、食である。これは古今東西変わらない。『伊勢』から『仁勢』へのパロディは、雅から俗の方向へと進む。

さて、寡黙な本文は現代の作家も刺激してやまないらしい。次に引用するのは『現代語訳「江勢《えせ》物語」』（清水義範）の同様のくだりである。

（前略）女は人が寝静まるのを待って、夜中の十二時ごろに、そーっと男のところへやってきた。

一方男は男で、もう頭へ血が昇って眠れやしないので、外をながめて横になっていたのだが、月がおぼろでぼやーっとした夜景の中に、小さな女の子を先に立たせて、女が立っているではないか。いいところである。

しかしどうしてそういう時に小さい女の子なんかを先に立たせて来るのか、その辺の当時の性事情はよくわからないことである。

男は大層うれしく思って、自分の寝ていたところへ引き入れて、十二時から三時すぎまでいっしょにいたが、まだ何事も語らわないうちに（女は）帰ってしまった。ここでいう語らうは、その、つまりまあ、あの種のことをするという意味に解すべきである。つまり、三時間もいっしょにいて何もしなかったのである。それがよくわからない。じゃあ何をしていたのであろうか。男はひどく悲しくて、それから寝ずに夜を明かしたというのだが、悲しいとか悲しくない以前に、何をドジなことしてるんだと言いたいような話ではないだろうか。

まあ、それはさておき、翌朝、男としては女のことが気にはなるんだけれど、自分のほうから使いを出すわけにもいかないので、大層待ちどおしい思いで（女からの便りを）待っていると、夜がすっかりあけてからしばらくたって、女から手紙があり、文章はなくて歌だけが書いてあった。

君や来し我や行きけむ思ほえず
夢かうつつか寝てかさめてか

〔あなたが私のところへ来たんでしょうか。それとも私があなたのところへ行ったんでしょうか。まるでわかりませんわ。あれは夢だったのでしょうか、現実だったんでしょうか。寝てたのでしょうか起きていたんでしょうか。ここはどこ。私は誰なの〕

という夢遊病者のたわ言のような歌である。しかしわからないなあ。この女は一体何を考えているのであろうか。どうして昨夜、何もせずに帰ったのか。そしてこのとぼけた歌を詠む心理は何であろうか。大層ややこしい感情があると思わなければならないであろう。

男はその歌を見て、大変にひどく泣いて次のような歌を詠んだ。何を泣いてるんだろう。どっちもどっちで、実に変な男女である。

かきくらす心の闇《やみ》にまどひにき
夢うつとは今宵《こよひ》定めよ

〈(私もまたあなたへの思いに)心が真っ暗の闇で何も覚えていません。夢か現実かは今夜はっきりさせましょう〉

そんな見えすいたことを言うくらいならゆうべ何とかしておけばいいものを、もどかしいことをしている男と女であることである。

『伊勢物語』と『仁勢物語』と『江勢物語』は書かれた時代は大きく隔たっている。しかし、『仁勢物語』にしても『江勢物語』にしても、『伊勢物語』を多くの人が愛読したから生まれたものに違いない。『伊勢物語』には人を惹《ひ》きつけてやまない魅力がある。それは、何といっても「昔男」の人となりの魅力である。女性遍歴を繰り返すといっても、「昔男」の中には「好色（＝好き）」と「実（＝まめ）」とが同居している。思いこんだらまっしぐら、身の破滅も顧みない一方で、相手の暮らし向きまで気遣う誠実さ。かの吉田兼好が『徒然草』第三段でいみじくも言うとおりである。

　よろづにいみじくとも、色好まざらん男《をのこ》はいとさうざうしく、玉の杯《さかづき》の底なきここちぞすべき。
　露霜《つゆじも》にしほたれて、所定めず惑ひありき、親の諫《いさ》め、世のそしりをつつむに心の暇《いとま》なく、あふさきるさに思ひ乱れ、さるは、独《ひと》り寝《ね》がちにまどろむ夜なきこそをかしけれ。
　さりとて、ひたすらたはれたる方にはあらで、女にたやすからず思はれんこそ、あらまほしかるべきわざなれ。

（万事に優れていても、色好みでない男はものたりなくて、玉の杯の底が抜けているような気持ちがするに違いない。露や霜に濡《ぬ》れそぼって、あてもなくうろうろ歩き、親の諫めや世間の非難をはばかって心の余裕もなく、あちらを立てればこちらが立たずと思い乱れて、そのくせ実は独り寝することが多く思い悩んでとろとろと寝る夜もない、という男こそおもしろい。とはいっても、ひたすら色恋に溺《おぼ》れるというのではなくて、女には「簡単には思い通りにならない男だ」と思われるのこそ、望ましい姿である）

「昔男」はどんな時でも相手の女をいとおしみ実を尽くすのである。この理想の男性像が『源氏物語』の主人公光源氏に受け継がれたのはつとに言われているとおりである。それに比べて、西欧の伝説上の色事師ドン・ファンは、自分の欲望を遂げるために、ためらいもなく次々と女性を欺き、その心を踏みにじる。そして最後は地獄の業火に焼き尽くされてしまう。

さて、現代の若い読者は『伊勢物語』をどのように読むだろうか。高校の古典の教科書には必ず、「芥河」か「東下り」か「惟喬《これたか》親王の出家」あたりが載っている。「寡黙な本文とおしゃべりな行間」を、時代の変化を受け止めるふところの深さとみる時、この作品はこれからもさまざまに変奏されながら、愛され読み継がれていくだろう。

参考図書

○注釈書

『竹取物語　伊勢物語　大和物語　平中物語』新編日本古典文学全集12
福井貞助校注・訳　小学館　一九九四
『竹取物語　伊勢物語』新日本古典文学大系17　秋山虔校注　岩波書店　一九九七
『伊勢物語』新潮日本古典集成　渡辺実校注　新潮社　一九七六
『新版　伊勢物語　付現代語訳』石田穣二訳注　角川ソフィア文庫　一九七九
『伊勢物語』上・下　阿部俊子全訳注　講談社学術文庫　一九七九

○関連図書

『伊勢物語』ビジュアル版　日本の古典に親しむ12
中村真一郎　世界文化社　二〇〇七
『すらすら読める　伊勢物語』　高橋睦郎　講談社　二〇〇四

『恋する伊勢物語』　俵万智　ちくま文庫　一九九五
『假名草子集』(「仁勢物語」)　日本古典文学大系90　前田金五郎校注　岩波書店　一九六五
『仁勢物語』　日本古典文学9　小林祥次郎編　勉誠社文芸文庫　一九八四
『江勢物語』　清水義範　角川文庫　一九九一
『現代語訳　竹取物語　伊勢物語』　吉岡曠　學燈社　二〇〇五
『伊勢物語絵巻絵本大成　資料篇・研究篇』　羽衣国際大学日本文化研究所編　角川学芸出版　二〇〇七
『源氏物語・伊勢物語』　NHKまんがで読む古典3　細村誠　ホーム社漫画文庫　二〇〇六

天皇と藤原氏系図

囲みは天皇、数字は天皇の代数

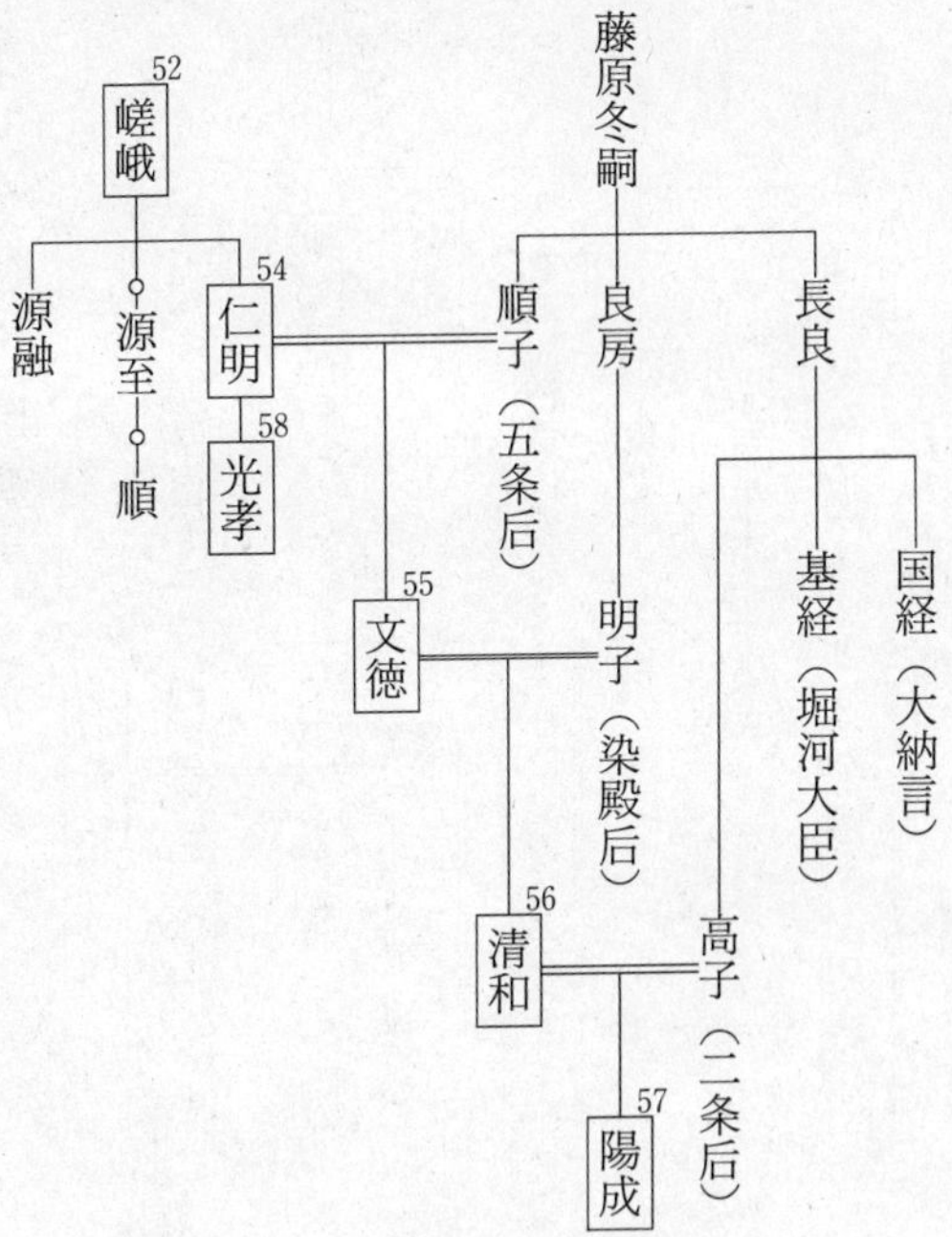

紀氏と在原氏系図

数字は天皇の代数

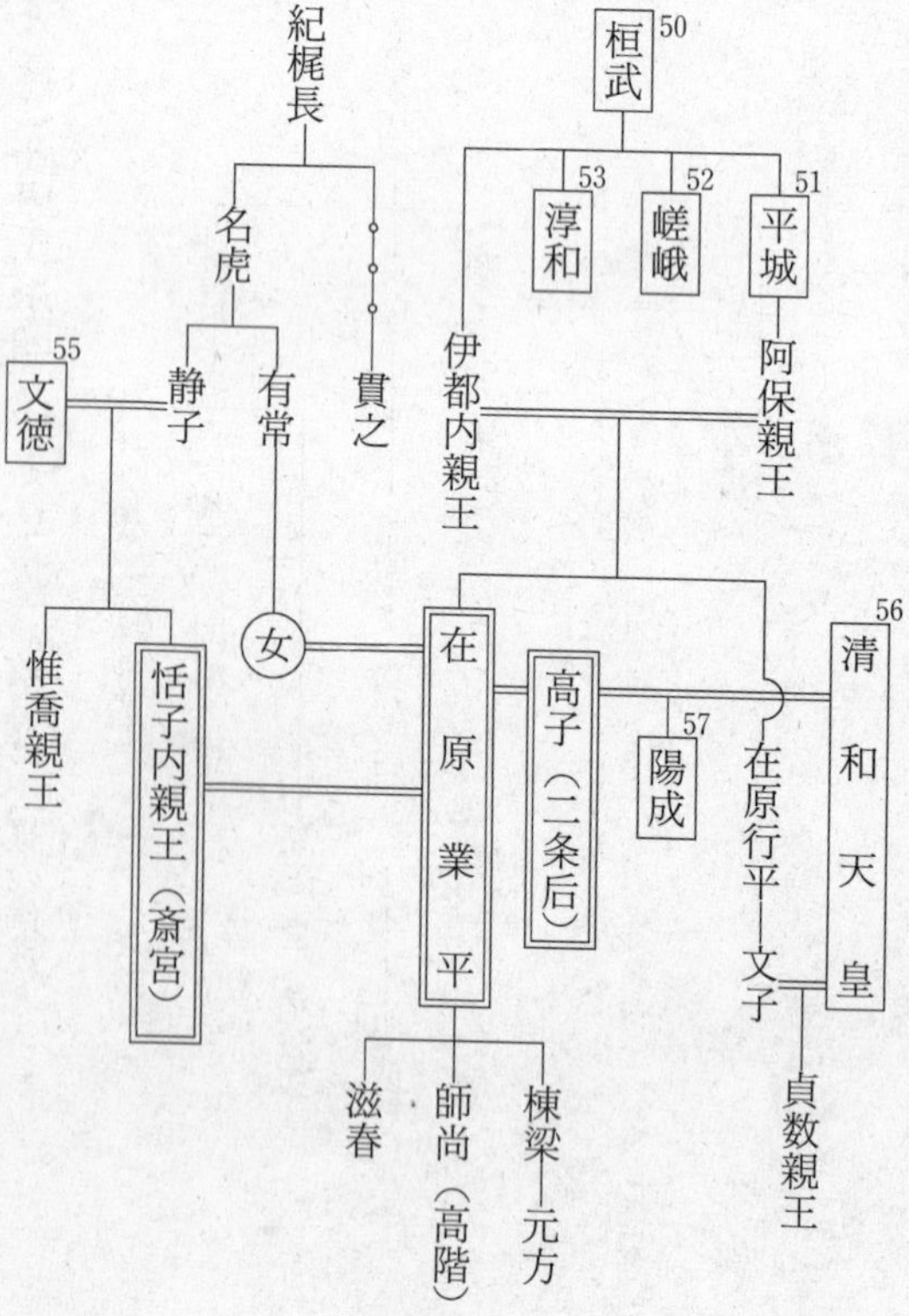

『伊勢物語』関係年表

和暦	西暦	業平年齢	できごと
天長二年	八二五	1	業平誕生。
天長三年	八二六	2	阿保親王の上表により、行平・業平等、在原朝臣の姓を賜る。
承和八年	八四一	17	正月、業平、右近衛将監。
承和九年	八四二	18	二条后高子誕生。
承和一一年	八四四	20	惟喬親王誕生。
承和一二年	八四五	21	業平、左近衛将監。

承和一四年	八四七	23	正月七日、業平、蔵人。
嘉祥二年	八四九	25	正月七日、業平、従五位下。
天安二年	八五八	34	一一月七日、清和天皇即位（九歳）。
貞観元年	八五九	35	一〇月五日、恬子内親王、伊勢の斎宮に卜定（一四歳）、一二月二五日、初斎院に入る。
貞観二年	八六〇	36	八月二五日、恬子内親王、野宮に入る。
貞観三年	八六一	37	九月一日、恬子内親王、伊勢に発遣。 九月一九日、伊都内親王（業平の母）薨去。
貞観四年	八六二	38	三月七日、業平、従五位上。
貞観五年	八六三	39	二月一〇日、業平、左兵衛権佐。 三月二八日、紀有常、在原業平等、次侍従。
貞観六年	八六四	40	三月八日、業平、左近衛権少将。

貞観七年	八六五	41	三月九日、業平、右馬頭。
貞観八年	八六六	42	一二月二七日、高子、女御（二五歳）。
貞観一〇年	八六八	44	一二月一六日、貞明親王誕生（母、高子二七歳、父、清和天皇一九歳）。
貞観一一年	八六九	45	正月七日、業平、正五位下。 二月一日、貞明親王、立太子。
貞観一四年	八七二	48	五月一七日、業平、鴻臚館に渤海の客を労問。 七月一一日、惟喬親王、病によってにわかに出家（二九歳）。 八月二五日、藤原基経、右大臣（三七歳）。
貞観一五年	八七三	49	正月七日、業平、従四位下。
貞観一七年	八七五	51	正月一三日、業平、右近衛権中将。 貞数親王誕生（母、在原行平三女）。

貞観一八年	八七六	52	一一月二九日、清和天皇（二七歳）、皇太子貞明親王（陽成天皇、九歳）に譲位。基経、摂政。 恬子内親王、斎宮退下。
元慶元年	八七七	53	正月三日、陽成天皇即位。高子、皇太夫人となり、中宮を称す。 正月二三日、有常没（六三歳）。 一一月二一日、業平、従四位上。
元慶二年	八七八	54	正月一一日、業平、相模権守。
元慶三年	八七九	55	一〇月、業平、蔵人頭。
元慶四年	八八〇	56	五月二八日、業平没。 一二月四日、基経、太政大臣。
元慶六年	八八二		高子、皇太后。
寛平八年	八九六		九月二二日、藤原高子（五五歳）、皇太后の称を停廃

			される。東光寺の善祐法師と密通のかどによる（「扶桑略記」）。
寛平九年	八九七		二月二〇日、惟喬親王薨去（五四歳）。
延喜二年	九〇二		正月二六日、藤原国経、大納言。
延喜一〇年	九一〇		三月二四日、前皇太后藤原高子、崩御（六九歳）。
延喜一三年	九一三		六月一八日、前斎宮恬子内親王、薨去。
天慶六年	九四三		五月二七日、藤原高子、皇太后の本号を復せられる。

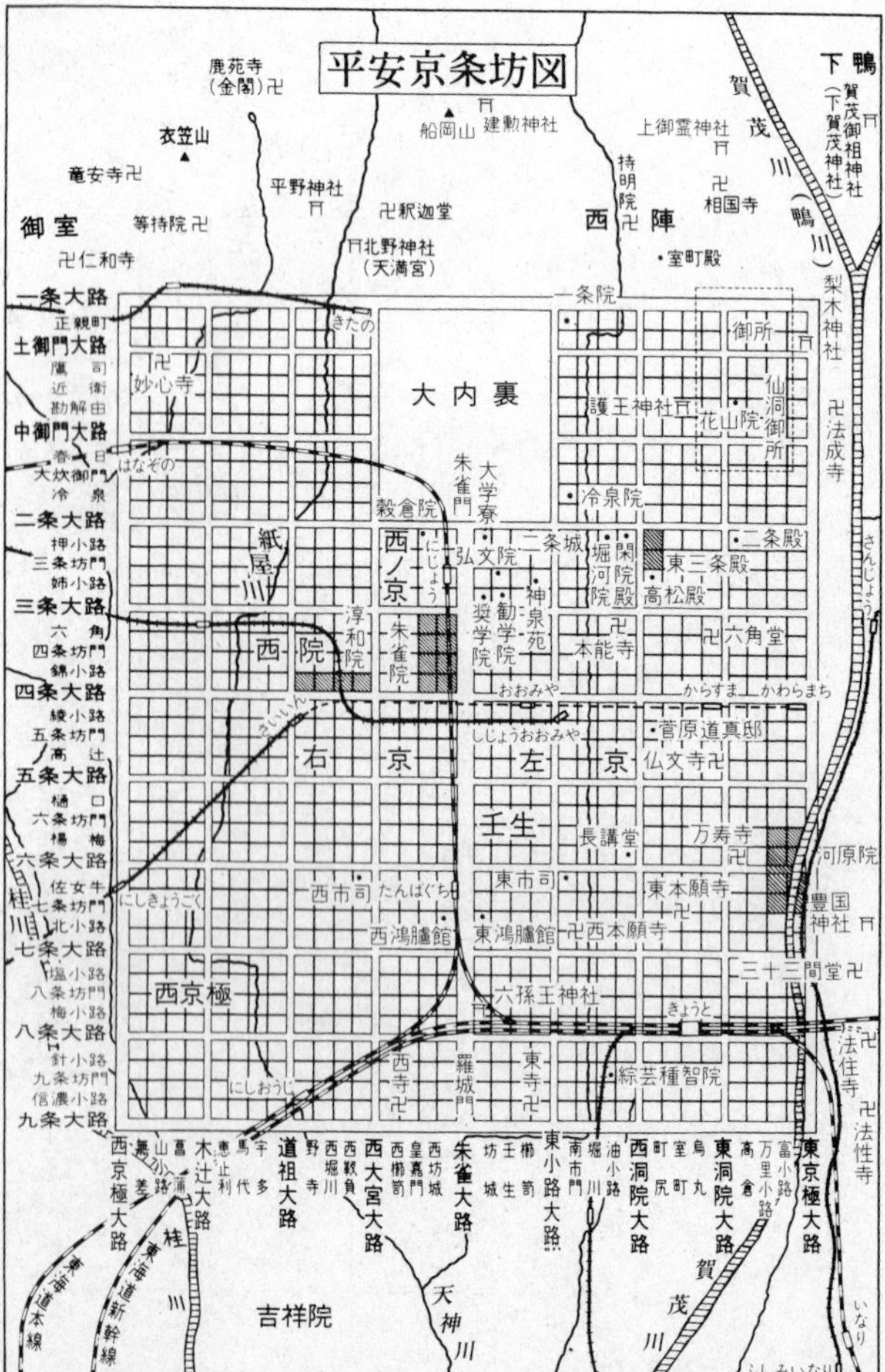
平安京条坊図
鹿苑寺（金閣）卍
衣笠山
船岡山
建勲神社
上御霊神社
下鴨（下賀茂御祖神社）
賀茂川（鴨川）
竜安寺卍
平野神社
卍釈迦堂
持明院卍
卍相国寺
御室
等持院卍
西陣
北野神社（天満宮）
卍仁和寺
・室町殿
梨木神社
一条院
一条大路
正親町
土御門大路
鷹司
近衛
勘解由
中御門大路
春日
大炊御門
冷泉
二条大路
押小路
三条坊門
姉小路
三条大路
六角
四条坊門
錦小路
四条大路
綾小路
五条坊門
高辻
五条大路
樋口
六条坊門
楊梅
六条大路
佐女牛
七条坊門
北小路
七条大路
塩小路
八条坊門
梅小路
八条大路
針小路
九条坊門
信濃小路
九条大路
桂川
きたの
卍妙心寺
大内裏
御所
仙洞御所
花山院
護王神社
卍法成寺
はなぞの
朱雀門
大学寮
・冷泉院
穀倉院
紙屋川
西ノ京
にじょう
弘文院
二条城
堀河院
閑院殿
東三条殿
高松殿
・二条殿
さんじょう
淳和院
朱雀院
奨学院
勧学院
神泉苑
卍本能寺
卍六角堂
西院
おおみや
からすま
かわらまち
さいいん
しじょうおおみや
・菅原道真邸
右京
左京
仏文寺卍
壬生
長講堂
万寿寺卍
河原院
西市司
たんばぐち
東市司
東本願寺卍
豊国神社
にしきょうごく
西鴻臚館
東鴻臚館
卍西本願寺
三十三間堂卍
西京極
六孫王神社
きょうと
法住寺卍
西寺卍
羅城門
東寺卍
・綜芸種智院
にしおうじ
卍法性寺
西京極大路
無差小路
山小路
菖蒲
木辻大路
恵止利
馬代
宇多
道祖大路
野寺
西堀川
西靭負
西大宮大路
西櫛笥
皇嘉門
西坊城
朱雀大路
坊城
壬生
櫛笥
東大宮大路
猪熊
堀川
油小路
西洞院大路
町尻
室町
烏丸
東洞院大路
高倉
万里小路
富小路
東京極大路
東小路大路
南市門
桂川
東海道本線
東海道新幹線
吉祥院
天神川
賀茂川
いなり
ふしみいなり

初句索引

一、本書掲載の和歌の初句を歴史的仮名遣いの順に示した。
一、初句が同じものは二句、二句まで同じものは三句を示した。
一、数字はページ数を表す。

ビギナーズ・クラシックス 日本《にほん》の古典《こてん》

伊勢物語《いせものがたり》

坂口由美子《さかぐちゆみこ》＝編

平成19年 12月25日 初版発行
令和6年 3月10日 36版発行

発行者●山下直久

発行●株式会社KADOKAWA
〒102-8177 東京都千代田区富士見2-13-3
電話 0570-002-301（ナビダイヤル）

角川文庫 14970

印刷所●株式会社暁印刷
製本所●本間製本株式会社

表紙画●和田三造

ISBN 978-4-04-357423-0 C0193

◇◇◇

角川文庫発刊に際して

角川源義

第二次世界大戦の敗北は、軍事力の敗北であった以上に、私たちの若い文化力の敗退であった。私たちの文化が戦争に対して如何に無力であり、単なるあだ花に過ぎなかったかを、私たちは身を以て体験し痛感した。西洋近代文化の摂取にとって、明治以後八十年の歳月は決して短かすぎたとは言えない。にもかかわらず、近代文化の伝統を確立し、自由な批判と柔軟な良識に富む文化層として自らを形成することに私たちは失敗して来た。そしてこれは、各層への文化の普及滲透を任務とする出版人の責任でもあった。

一九四五年以来、私たちは再び振出しに戻り、第一歩から踏み出すことを余儀なくされた。これは大きな不幸ではあるが、反面、これまでの混沌・未熟・歪曲の中にあった我が国の文化に秩序と確たる基礎を齎らすためには絶好の機会でもある。角川書店は、このような祖国の文化的危機にあたり、微力をも顧みず再建の礎石たるべき抱負と決意とをもって出発したが、ここに創立以来の念願を果すべく角川文庫を発刊する。これまで刊行されたあらゆる全集叢書文庫類の長所と短所とを検討し、古今東西の不朽の典籍を、良心的編集のもとに、廉価に、そして書架にふさわしい美本として、多くのひとびとに提供しようとする。しかし私たちは徒らに百科全書的な知識のジレッタントを作ることを目的とせず、あくまで祖国の文化に秩序と再建への道を示し、この文庫を角川書店の栄ある事業として、今後永久に継続発展せしめ、学芸と教養との殿堂として大成せんことを期したい。多くの読書子の愛情ある忠言と支持とによって、この希望と抱負とを完遂せしめられんことを願う。

一九四九年五月三日